KB110038

순간 愛

순간 愛

발행일 2016년 1월 25일
글·사진 정무공
편낸이 손형국
편낸곳 (주)북랩
편집인 선일영
출판등록 2004. 12. 1(제2012-000051호)
주소 서울시 금천구 가산디지털 1로 168, 우림라이온스밸리 B동 B113, 114호
홈페이지 www.book.co.kr
전화번호 (02)2026-5777 팩스 (02)2026-5747

ISBN 979-11-5585-906-3 03810(종이책) 979-11-5585-907-0 05810(전자책)

이 도서의 국립중앙도서관 출판예정도서목록(CIP)은 서지정보유통지원시스템 홈페이지(http://seoji.nl.go.kr)와 국가자료공동목록시스템(http://www.nl.go.kr/kolisnet)에서 이용하실 수 있습니다.
(CIP제어번호 : CIP2016001907)

순간 愛

글·사진 | 정무공

걷다 멈춰 서서, 찰칵

북랩 book Lab

'365일', 우리는 '1년'이라 표현합니다.
그리고 그 일 년은 1월 1일에 출발하여 12월 31일에 도착하고 마감합니다.
12월과 1월을 연말연시라고 부르며 한 해를 돌아보기도
또 새로운 시절을 맞이할 준비를 하면서 다양한 감정에 사로잡히기도 합니다.
'꿈으로의 흔적'을 출간한 이후 지난 몇 년… 작심삼일, 용두사미라는 표현과는 어울리지 않던 삶을 이어 오기 전까지는,
계획과 시도는 있었으나 끝은 흐지부지했던 나를 고백합니다.
이제는 꿈이 현실이 되는 방법을 알고, 실천하고 도전하며
후회 없이… 행복을 만끽하며 순간을 즐기는 아름답고 만족한 삶을 이어 가고 있습니다.
지난 한 해 스스로 약속한 것들이 하루하루 쌓이는 것을 보는 즐거움도 대단했습니다.
정말 중요한 것은 이것입니다. 누구라도 자신이 하고 싶은 걸 할 수 있는 방법이 있다는 것입니다.

부족하고 많이 어설프기 짝이 없는 졸작일지도 모르지만, 겁 없이, 거침없이, 후회 없이,
인생을 즐기는 저 자신에게 주는 선물이라 생각하고 세상에 선을 보입니다.
아름다운 인생, 행복한 사람이라는 제 목적을 향해 오늘도 열심히 잘 즐기는 멋진 사람이라 자부하면서
모든 사람들이… 자연이… 온 우주가 행복하고 근사한 세상이기를 희망합니다.
출판에 도움을 주신 북랩의 모든 관계자분들께 감사를 드립니다.
동행한 주변 지인들과 한없는 사랑과 격려를 아끼지 않았던 사랑하는 나의 가족들… 늘 고맙고 감사합니다.

결심하고 움직이기를 시도하는 바로 그때가 늘 출발점이 되겠죠.
중간에 돌아서기도 하고 멈추기도 하고 넘어지기도 하겠지만, 그것 또한 멋진 일이라 생각합니다.
그런 저와 당신을 응원합니다.

사진마다 이름 앞에 있는 숫자는 제가 지구에서 산 날의 일수입니다.
그리고 글은 일 백자로 한정하고 썼답니다.
혹시라도 제 흔적에 피드백을 주신다면 환영합니다.

아름다운 인생을 향해 새로운 시도로 겁 없이 거침없이 후회 없이 달리는 도중에.

16442 혜윰 정무공

낮에 뜨는 달
매일은 못 만나지만
낮에도 달을 볼 수 있다.
수줍은 듯 그렇게 창공의 한 편에서 날 본다.
내가 보지 못해도....
태양은 밤에 못 보지만
저 달은 낮에도 밤에도 우리를 본다.
그러고 보니 밤낮 보고 있다.
내가 숨지 않는 한
가끔은 낮달이 반갑다.
자주 보자.

혜윰 정무공 16443

좋은 향기는
기분이 좋아지게 한다.
상큼하고 차분하게
인위적인 향일지라도 과하지 않으면
의도한 효과를 충분히 얻을 수 있다.
나에게서도 좋은 향내가 나기를 바란다.
기분이 좋아지고 미소를 머금도록 말이다.
때로는 향기로움에 발걸음이 멈추도록....

16444 혜윰 정무공

계획을 세우는 일은
반갑고 즐거운 일임에 틀림없는 듯하다.
자신의 인생을 살아가는 좋은 방법이기도 하다.
하루의 계획뿐 아니라 인생의 계획이 있는
멋진 나날들이기를 소망해 본다.
물론 무계획의 날들도 더러 있겠지만
하루하루 매 순간 즐겁게 살자.

혜윰 정무공 16445

석양에 물들다.
열심히 달려온 길에 만나는 석양의 휴식은
마감을 알려 주기도 하지만 새로운 희망을 노래한다.
오늘의 추억을 남겨 주지만 내일 펼쳐질 꿈을 꾼다.
한 걸음씩 걸어온 길의 끝이 아직 아니기에
고별하기엔 이른 석양, 내일의 만남을 기약한다.

16446 혜윤 정무공

이슬의 사랑.
안개가 뽀드득 풀잎을 감고 찬바람이 살짝 얼려 준 이슬이
아침을 선사한다.
태양을 만나기 전 부지런한 바람과의 사랑 속에 피어나
수줍게 이별하지만 못내 아쉬움에 눈물을 보인다.
그래도 이슬은 슬퍼하지 않고 풀잎의 몸속으로 스며든다.

혜윰 정무공 16447

어둠에 빛을.
어둠이 있기에 더욱 빛나는 빛의 향연. 그로 인해 어둠도 덩달아 신난다.
세상은 빛과 어둠의 조화로 이루어진다.
서로 극과 극이 아니라 양보와 배려로 공존한다.
인생이 묘한 밸런스로 유지되듯이… 어둠은 빛을 빛은 어둠을
아슬아슬 갈망한다.

16448 혜윰 정무공

장날에는 김 모락모락 피어오르며, 구수한 달콤함으로 발걸음을 멈추게 하는
친구를 만난다. 풍성한 시절이라고는 하지만 어릴 적부터 친한 이 친구는 늘 반갑다.
알알이 고소한 요 녀석을 그냥 지나치기에는 내 여린 마음이 허락치 않는다. 삼천 원의 시간.

혜윰 정무공 16449
돌아갈 집이 있기에 힘이 들어도 견딜 수 있다네.
여기 내 행복 충전소가 있기에 사랑을 나눌 수 있다네.
그냥 건축물이 아니고 가정이기에 사람 냄새가 난다네.
때론 그릇이 깨지고 웃음이 멈추기도 하지만
꿈을 꾸며 자라게 하는 우리 집이라네. 행복한 이유.
순간
愛

16450 혜윰 정무공

하늘을 향해 걸어가 보기.
분명 난 저 하늘을 바라만 보지는 않을 거야.
저 무한의 공간에서 자유롭게 나의 꿈이 펼쳐지도록....
여기 지금부터 달려갈 거야.
넘어져도 일어날 거야. 그냥 바라만 보지는 않을 거야.
이제 곧 저 하늘에 있는 나를 만나게 될 거야, 이제 곧.

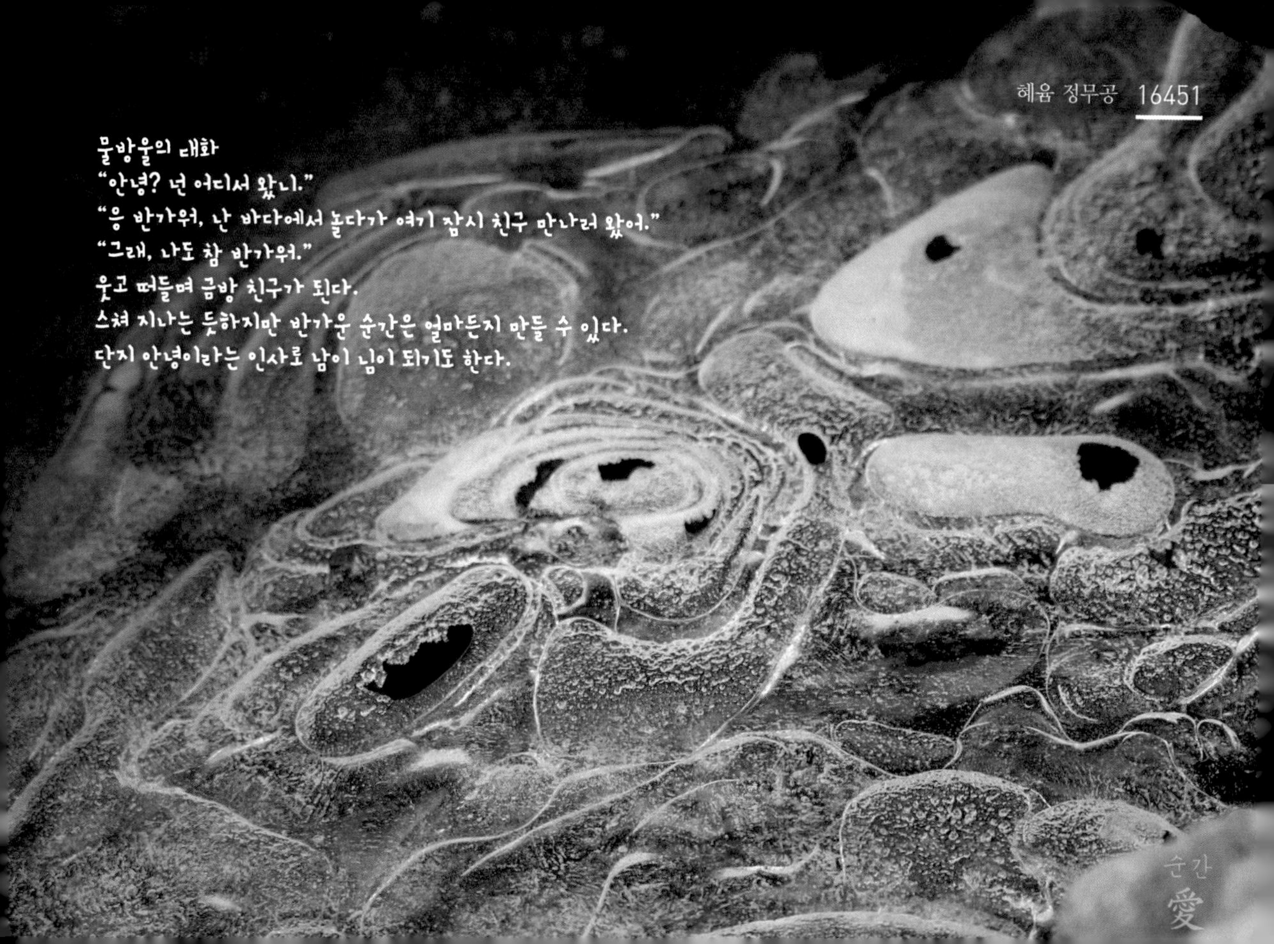

물방울의 대화
"안녕? 넌 어디서 왔니."
"응 반가워, 난 바다에서 놀다가 여기 잠시 친구 만나러 왔어."
"그래, 나도 참 반가워."
웃고 떠들며 금방 친구가 된다.
스쳐 지나는 듯하지만 반가운 순간은 얼마든지 만들 수 있다.
단지 안녕이라는 인사로 남이 님이 되기도 한다.

16452 혜움 정무공

행복을 사고파는 장날이 있으면 좋겠다.
사랑을 덤으로 주는 장터가 있었으면 좋겠다.
인생의 묘미가 넘치고 기쁨과 즐거움으로 가득한 시장이 생기길....
물건을 흥정하듯 삶의 질을 돈으로 평가하지 않는
자유로운 시대가 도래하기를 바라 본다. 행복오일장.

해윰 정무공 16453

이제 곧 너를 보리니. 머지않아 움이 트고 기지개를 펴고 싹이 나오리니.
인내의 열매를 보리라. 너의 끈기에 찬사를 아끼지 않을지니.
모진 추위와 매서운 바람에도 견디고 또 참았으니.
내 그대를 겸손한 마음으로 맞으리다. 오래 참고 견딘 자의 환호성이여.

16454 혜윰 정무공

호탕하게 웃으며 살자.
크게 웃으며 살자.
아침부터 밤까지 미소 띤 얼굴을 만들자.
마음으로 웃고 또 웃자.
즐거움이 넘치고 또한 넘칠지니.
덩달아 주위가 온통 웃음꽃이 피도록....
눈물이 나도록 웃으며 살자.
슬픔이 묻히고 괴로움이 사라지도록.
웃어 버리자.

혜윰 정무공 16455

그대는 아는가. 야심한 밤을 밝히고 서있는 우리를....
모두 잠든 고요함을 벗 삼아 무심히 새벽을 기다리는
우리의 기다림을 그대는 알고 있는가?
기다리고 기다려도 오지 않는 당신을
애타게 기다리는 무언의 속앓이를
어둠의 노래와 야수의 눈빛을 받으며.

16456 혜윰 정무공

'컹컹컹' 정적을 가르는 복돌이의 외침이 울리는
시골 마을에는 추위를 달랠 굴뚝 연기의 향이 반갑다.
모락모락 피어오르는 장작 향에는 부지런한 할아버지의 땀 내음도 함께 오른다.
지게로 담아 온 굵직한 놈들을 쩍쩍 내리치는 힘겨운 어깨짓이 타오른다.

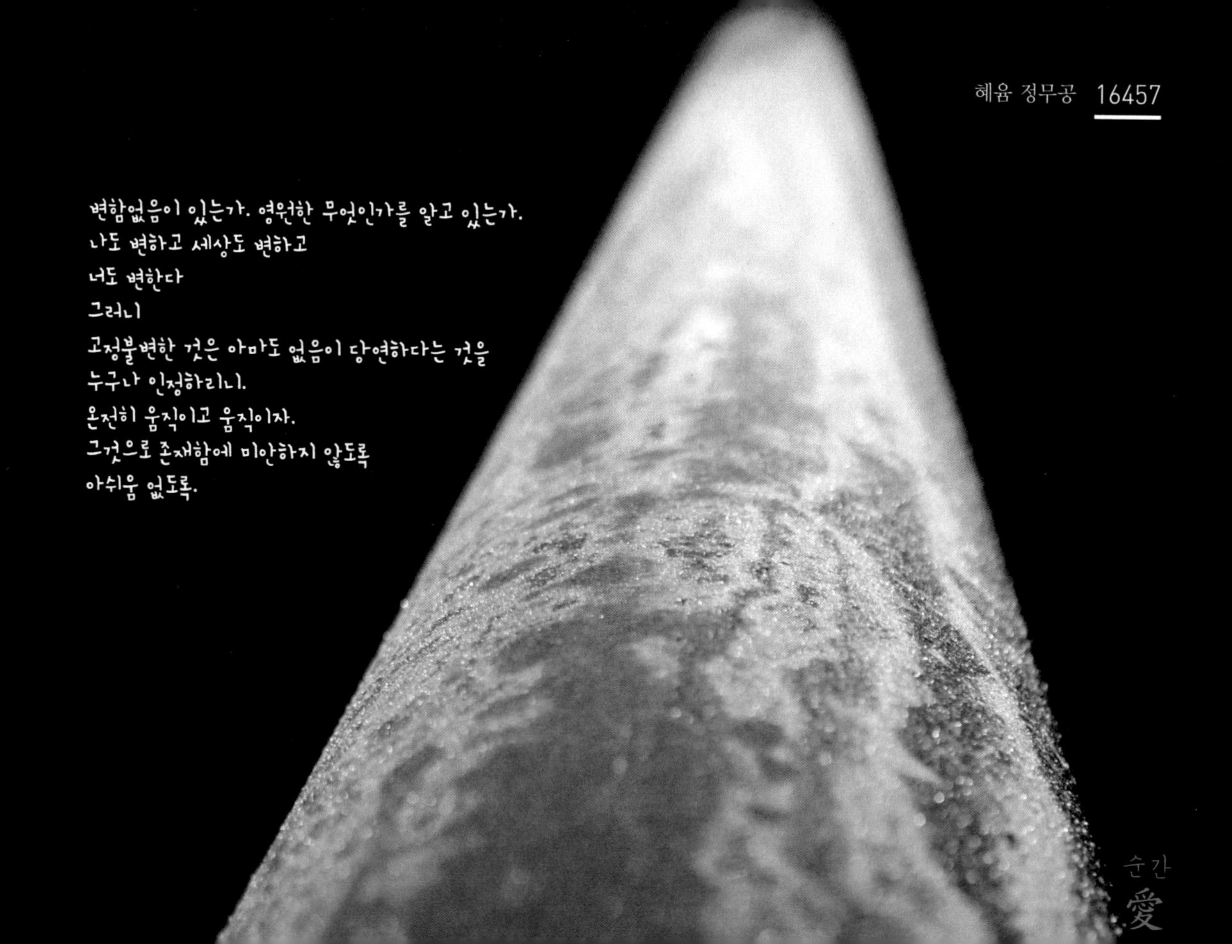

변함없음이 있는가. 영원한 무엇인가를 알고 있는가.
나도 변하고 세상도 변하고
너도 변한다
그러니
고정불변한 것은 아마도 없음이 당연하다는 것을
누구나 인정하리니.
온전히 움직이고 움직이자.
그것으로 존재함에 미안하지 않도록
아쉬움 없도록.

16458 혜윰 정무공

기나 긴 인내 없이 무엇인가를 이루기란 어려운 법이다.
값진 열매나 아름다운 꽃이나, 그 무엇이든
대가 없이 얻어지는 것이 없다.
마음의 평화와
온화한 미소로
삶을 채우고 싶거든
합당한 땀방울의
수고로움을
기쁨으로 즐기는
지혜를
가져야 할 것이다.

혜윰 정무공 16459
오는 이 반겨 주고
가는 이 잡지 않지만
내 마음 쓸쓸하지 않아요.
물결 따라 흐르는 많은 생명이
잠시 쉬어 가는 길목
휴식 같은 짧은 한숨
스쳐 가지만 나의 소임을
기쁘게 즐겨요.
등을 내어 주는 나눔이
안도의 탄성을
듣게 되는 기적을
나는 알고 있으니까요.
순간
愛

16460 혜윰 정무공
소슬바람 불어오는 정자 위에서
태양 빛 찬란한 눈부심 속에서
우뚝 선 자태를 뽐내며 서 있는
생명을 보나니.
솔잎 하나하나, 등껍질 하나하나
굽은 가지마다 생을 찬양하며
노래하니... 내 그대를 우러러보노라.
순리대로 사는 지혜자여.
내 그대를 닮고 싶소.

하늘을 날고 싶은 날에는 바다로 가자.
멋진 하늘에서 자유롭게 날고 싶은 날에는 바다로 가 보자.
그림 같은 구름 사이를 누비고 싶은 날에는 바다로 가자.
갈매기 날갯짓을 배워 물속에서 날자.
구름 같은 파도 사이를 누비며 바다를 날자. 마음으로 자유롭게.

16462 혜윰 정무공

세상과 타협하지 않으면서도 자유롭고 유쾌하며
속박되지 않았으되 모든 것을 아우르며
소유한 것 많지 않으나 불편치 않으며
오히려 감사와 나눔과 행복이 있을지니.
나는 그러하다 .
그리고
그대 또한
그러하기를 바라나니.
누구든지 마음에 다짐하길.

혜윰 정무공 16463

구름은 무슨 생각을 할까.
아니 뭐 특별히 생각할 것이 없을지도....
바람과 함께 여행을 다니며 갖가지 모습으로 변신을 하느라 생각할 틈이 없을지도....
때로는 태양과 달빛 사이로
구르기도 하고
뭉치기도 하고
흩어지기도 하면서
나름의 예술을 만끽할지도....

16464 혜윰 정무공

만약에 내가 백 년 전
혹은 천 년 전에 태어났다면....
가끔 이런 생각을 해본다.
그러면 나는 얼마나 많은 것을
누리며 사는지
감사하지 않을 수가 없다.
단지 시간의 차이로도
감사는 넘친다.
물론
미래의 누군가는
지금의 나를
불쌍히 여길 수도
있겠지만 말이다.

소원을 성취하는 방법은 여러 가지가 있다.
내가 아는 방법은 소원하는 것을 글로 끄적이는 것에서 출발한다.
시간이 필요하고 용기가 필요하다. 포기할 목록들이 생겨나고 끈기가 동원된다.
매일 매일 소원에 다가가는 것을 체크한다.
소원은 이루어진다.

16466 혜윰 정무공

이제 곧 봄이 오겠죠.
그러기 전에 이 겨울을 즐기려고 합니다.
봄을 더 잘 즐기기 위해
겨울도 만끽해야 합니다.
앞서 사는 사람들도 있지만
제 시절을 잘 느끼는 것도 좋을 듯합니다.
모자를 쓰고 두툼한 외투를 입고
겨울과 놀아 봅시다.
신명 나도록 놀아 봐요.

혜윰 정무공 16467

아침 안개가 포근하게 대지 위에 가득한 날
간이 의자 좁은 틈에서 반짝이는 그대를 보았네.
어디에서 와서 어디로 가는지 묻는 나의 시선에
그의 대답은 온 세상을 돌아 이제 너의 세상에 가겠노라고 답하네.
구름으로 안개로 바다로 냇물로 빗물로 이슬로.

16468 혜윰 정무공

날마다 글을 만든다는 것 즐거운 일이다. 문학을 전공한 것은 아니지만 매일 누군가와 대화하고 책을 읽고 수다 떨듯이 끄적이는 일이 나와 만나는 소중한 시간이기도 하다. 또한 무엇인가 생각하다 보면 깨닫는 것도 간혹 있으니 무척이나 유쾌한 일이다.

혜윰 정무룡 16469
살아가는 매 순간 우리 앞에는 수많은 선택지가 있다.
분명한 것은 이것도 좋고 저것도 맘에 든다고
동시에 두 가지를 다 얻을 수 없다면
다른 하나는 포기해야 한다.
늘 옳은 선택만 할 수야 없겠지만 후회 없는 삶이고자 한다면
선택한 것에 책임을 지면 된다.

16470 혜윰 정무공

세월의 흔적을 고이 간직하고 있는 황혼의 모습은 많은 것을 생각하게 만든다.
화려함의 끝을 볼 수도 있고 새로움의 시작을 볼 수도 있다.
그저 보잘것없는 작은 생명이었으나 그것의 일생이 녹아 있고
끝도 아니다. 미소로 기쁨을 선사했으니 후회도 없다.

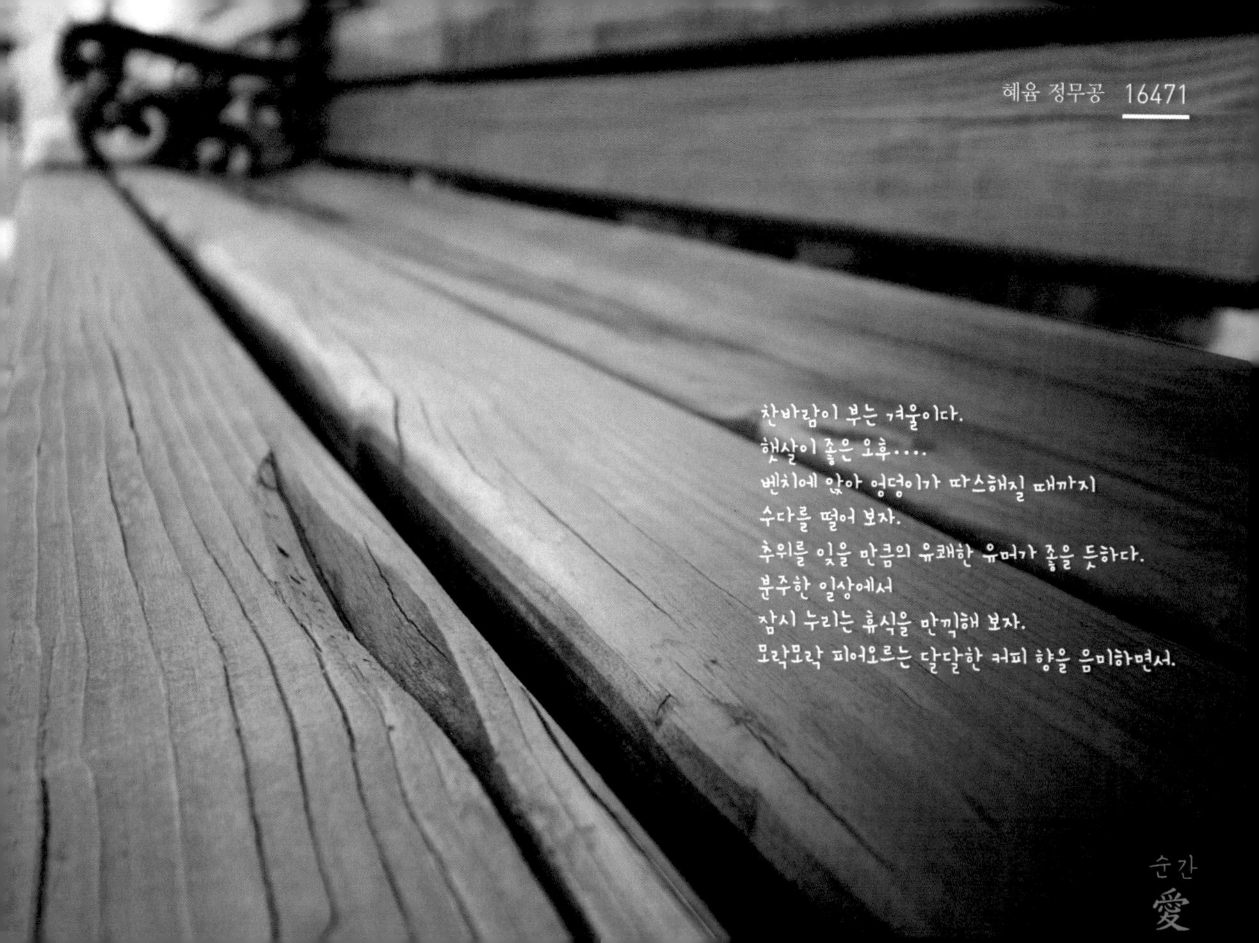

혜윰 정무공 16471

찬바람이 부는 겨울이다.
햇살이 좋은 오후....
벤치에 앉아 엉덩이가 따스해질 때까지
수다를 떨어 보자.
추위를 잊을 만큼의 유쾌한 유머가 좋을 듯하다.
분주한 일상에서
잠시 누리는 휴식을 만끽해 보자.
모락모락 피어오르는 달달한 커피 향을 음미하면서.

16472 혜윰 정무공

산에 올라 내가 사는 속을 들여다본다.
여기 서서 바라보니
참으로 별것 아닌 것들로 분주한 일상이
별일 아닌 듯 가볍게 느껴진다.
그저 바람이 이리저리 제 마음 가는 곳으로
노닐고 찬란하게 빛나는 태양 사이로
우리도 왔다가 간다.
생명 있는 삶이 그렇듯.

반짝이는 것에 반응하는 것은
아이나 어른이나 매한가지인가 보다.
별빛이든
달빛이든
불빛이든
아침 이슬에 인사하는 햇빛이든
우린 반짝거리는 것을 좋아한다.
물론 보석이 반짝일 때 더욱 좋아한다.
그런데 우리 마음은
언제 반짝반짝 빛이 나는 걸까?

16474 혜윰 정무공

낯선 곳에 대한 동경으로 여행을 준비하는 것은
언제나 설렘을 유발시킨다.
다녀오기 전의 그 마음으로
기분마저 유희로 가득한 것을
우리는 경험한다.
어릴 적 소풍이 그렇고
지금도 떠나는 여행이 그렇다.
상상만으로도 행복한 기분에 미소가 절로 난다.

자신을 만나는 것에 익숙해지려면
많은 연습이 필요하다.
차분하게 무장한 마음으로
주변을 정리해야 하고
시간을 만들어야 한다.
이러한 준비가 없으면
내면의 나와 만나기란 쉽지 않다.
늘 주변의 상황 속에서
분주로 가득한 일상을 잊고
나를 만나 보자.

16476 혜윰 정무공

잔디밭 넓은 전원주택
노래를 불렀더니
어느 순간부터
그곳에 사는
나를 만난다.
세계 곳곳
여행을 다니자고
노래를 불렀더니
내 사진첩에
차곡차곡 아름다운
산야가 채워진다.
내 인생
노래 부르는 대로 산다.
더 아름답고
멋지고
근사한
노래를 불러야지.

혜윰 정무공 16477

언제부터인지 인간은
세상 모든 것에 값을 부여하고
내 것과 네 것으로 인생의 행.불까지 나눈다.
물과 공기도 사고판다.
땅을 비롯해서 어떤 권리로 이 모든 것의 주인이 되었는지
결국 빈손으로 돌아갈 것을....
이제는 욕심에 대해서 책임도 져야 하지 않을까?

16478 혜윰 정무공

살아가는 동안 깜짝 놀라는 일을 만나는 순간이 있다. 지나고 나면 별일 아니어서 놀란 가슴 가라앉지만, 그 순간에는 정말이지 세상이 끝난 듯 어둠 속 절망과 마주하게 된다. 진정되지 않는 마음을 주체하지 못하고 시간이 멈추는 그 순간... 그러나 지나간다.

혜윰 정무공 16479

태양은 늘 제자리를 지키고 있다.
내가 잊고 있을지라도
자신의 역할을 늘 해왔으며
앞으로도 그럴 것이다.
그래서 생명에 관한
모든 자연과 인류의 역사이래
신적인 존재로 우뚝 자리하고 있는 것일지도 모른다.
천만다행이다.
내가 태양일 필요는 없어서....

16480 혜윰 정무공

강풍의
추위에도
아랑곳하지
않고 먼지를 뒤집어
쓰고 창고 정리를 신나게
한 날이다. 허리가 조금 뻐근하고
피곤한 나를 위해 평상시 못 먹었던
값비싼 초코렛을 샀다. 나의 수고를 스스로
보답하는 선물이다. 이제 그 달콤한 맛을 음미하며
편히 쉬어야지....

혜윰 정무공 16481

울먹울먹하더니 결국 눈물을 보이고야 만 구름이.
눈물 흘리는 모습을 감추려 바람에게 부탁했다.
저 멀리 시베리아의 찬 바람에게
아무래도 긴급 전보를 쳤나 보다.
반응도 초고속.
눈물의 속살을 멋진 눈꽃으로 변신한 구름이
노크 없이 대지 위를 덮는다.

16482 혜윰 정무공

자신 있게 산다는 것은
행복,
기쁨,
즐거움과
아름다움을 포함한다.
덕분에 건강하며
그 에너지는 주위를 밝히는 밝은 빛과 같다.
그 에너지는 소모되지 않는다.
그 에너지는 전염되며 더 많은 에너지를 끌어당긴다.
자신을 진정으로 사랑할 줄 아는 자신감은....

혜윰 정무공 16483

누군가에게 꽃다발을 선물하는 시즌이다.
누구에게 받았는지 생각나지도 않는 꽃다발이 아직도 예쁘다.
화려했던 자태와 색상은 빛이 바랬지만 아직도 나름의 향기를 뽐내고 있다.
시간은 흘렀지만 고마운 마음의 표현은 그 아름다움을 간직하고 있다.

16484 혜윰 정무공

하늘을 볼 수 있는 시간이 있다.
그리고 저 파란색을 식별할 맑은 눈이 정상이다.
하늘을 보며 자유로운 감정을 느끼는 가슴이 있다.
흘러가는 구름을 바라볼 여유도 있다.
가끔은 너무나 가슴 벅차 감격의 환호를 날린다.
난 하늘만 봐도 경이로움에 행복하다.

혜윰 정무공 16485

인류는 부수고 다시 만들고
또 부수고 다시 만들면서 살아간다.
이러한 반복 속에 조금 더 편리하고
안락함을 추구하며 진화한다.

이 순간에도 어디에선가 부수고 있을 것이며
또 다른 어디에선 새로운 것을
짓고 있을 것이다.
꼭
숨을 내쉬고 들이마시듯이

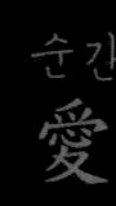

16486 혜윰 정무공

부럽더이다
당신의 고결한 희생이
부럽더이다
당신의 따스한 빛이
부럽더이다
당신의 당당한 작아짐이
부럽더이다
당신의 아낌없는 사랑이
부럽더이다
당신의 고상한 나눔이
부럽더이다
당신의 상냥한 손짓이
부럽더이다
당신의 아름다운 눈물이

혜윰 정무공 16487

포근한 햇살에 금방이라도 기지개를 활짝 펴야 직성이 풀릴 것 같은 따스한 날이다.
이런 날에 즐겨야 할 것을 누리지 못하면 병이 생길지도 모른다.
그냥 무작정 길을 나서면 반가운 무언가를 만날지도 모른다.
길가 메마른 잡초들도 이제 봄을 준비하겠지....

순간
愛

16488 혜윰 정무공

'툭 탁 톡 틱 팅 탕 통 퉁'
물방울 연주가 날 새는 줄 모르고 계속이다.
아무래도 금세기 최고의 지휘자가
오랜 연습 끝에 발표하는 최고의
연주회인가 보다.
더욱이 무료 공연이라 더 반갑다.
이런 난타 공연을 즐길 수 있다는 것은
과연 행운이리라.
쉿!
아직 연주 중.

신호등에 빨간 불은 나를 안심시킨다.
잠시 기다리면 곧 다시 출발하라는 신호이기 때문이다.
어떤 사람은 빨간 불을 만나면 화를 내거나 짜증 섞인 표정을 만들지만
잠깐의 기다림이 인생을 낭비하는 것은 아니다.
오히려 녹색 신호일 때는 조심해야 한다.

16490 혜윰 정무공

시절을 따라 많은 것들이 바뀌어 간다.
피고 지는 꽃들이 그렇고
어린아이의 웃음소리도 그렇고
세상의 그 어떤 것도 변치 않는 것이 없는 듯하다.
바뀜이 자연스러움인지도 모르겠다.
다름의 세상살이에 잘 적응해야 하겠지.
멈춤 없이 돌고 도는 우주에서.

끝없이 펼쳐진 바다보다 더 넓고 우리가 알지 못하는 우주의 광야 그 속에서
무한의 시간과 무지의 늪에서 방향을 잡아 인생을 꾸리고 사는 우리들의 모습은
작지도 크지도 않다. 단지 비교하지 않고 자만하지 않고
그렇다고 만만하지 않은 조각 시간 여행.

16492 혜윰 정무공

여행이 주는 상쾌함은 호기심 가득한 어린 시절의 나를 만나게 해 주며
신선한 기쁨을 맛볼 좋은 시간이다.
미지의 세계가 가져다 주는 환희와 함께 눈동자를 반짝반짝 빛이 나게 한다.
더불어 소중한 추억거리를 만들어 주는 그야말로 아름다운 시간이다.

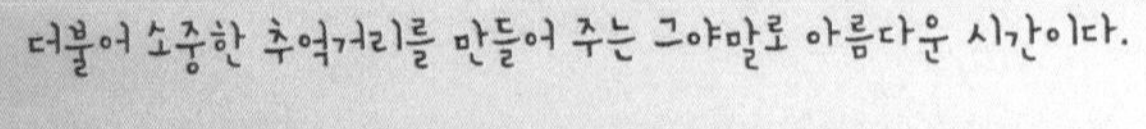

비요일에는 가까운 바닷가를 찾아 구수한 냄새로 유혹하는 해물 칼국수의 시원한 바다의 맛을 보라.
가까운 지인과 함께 세상살이 이야기에 삶의 무게를 줄이는 좋은 방법이다.
물론 빗방울 떨어지는 소리도 아름답지만 입안에 퍼지는 바닷물 맛도 좋다.

16494 혜윰 정무공

우리 민족의 남다른 情은 세심하고 인간미 넘치는 것이
일품이지만 동시에 맺힌 것도 많아 한이 된다.
그리고 그 한을 풀기 위해 情에 집착하기도 한다.
무엇이든 과하면 넘친다고 情도 그 범주에서
외면 당하지 않는가 보다.
情을 주고 情을 받으며 그리 산다.

말의 힘은 참으로 놀랍다.
물론 생각의 발현이니
근본은 생각이지만,
더하여 말로 표현된
것이 더 힘이 있다.
거기에 기록을 더하면
더욱 강력한 힘이 되고,
기록을 사진으로 보존하면
더욱더 큰 힘으로 남게 된다.
지금의 이 작업이 그러하다.
조금 유치하지만.

누구를 대하든지 정성을 담아 마음을 다하면,
결국은 마음이 통하는 사이가 된다. 작은 오해든지 심각한 충돌이 있을지라도
마음을 다하면 오해도 풀리고 충돌의 상처도 치유된다.
다소간의 시간이 필요하기는 하겠지만, 선한 정성의 마음은 빛을 밝힌다.

혜윰 정무공 16497

전화번호를 뒤적거리다 반가운 이름을 발견하고는
망설이다가 통화 버튼을 눌렀다.
신호음이 들리고 가슴에서는 심장 소리가 들린다.
과연 기억 속의 반가운 목소리가 들려 올지
아님 너무 오래돼서 생소한 목소리가 들려올지 두근두근 손에 땀이 난다.

16498 혜윰 정무공

어린 시절 말을 배우기 시작한 이후부터
대부분의 아이들은 "왜"를 무한 반복한다.
무엇이든 "왜"를 시작으로 왕성한 궁금증을
하나하나 풀어간다.
성장하면서 "왜"라는
질문은 조금씩 줄기 시작한다.
많이 안다는 뜻일까?
다 알았다는 뜻일까?
궁금하다. 왜일까?

혜윰 정무공 16499

지난 세월의 흔적이 고스란히 남아 있는
등잔의 모습 속에는, 먼지와 함께
오래전 추억이 물씬 풍긴다.
전기가 들어 오기 전 등잔 기름을 받아
구수한 흙냄새 가득한 방안을
비추던 어린 시절의
아련한 기억을 떠올리게 한다.
콧물을 연신 훌쩍거리던 그 시절...

16500 혜윰 정무공

지구에서 생활한 지 일만육천오백일인 오늘
매일의 일상이 경이롭도록 근사하고
멋진 날이었음을 고백한다.
정겨운 얼굴들이 떠오르고
눈부시도록 아름다운 나의 날들에 환호하며
만나는 모든 것들에게 감사하다.
물론 내일도 행복할 나를 기대한다.

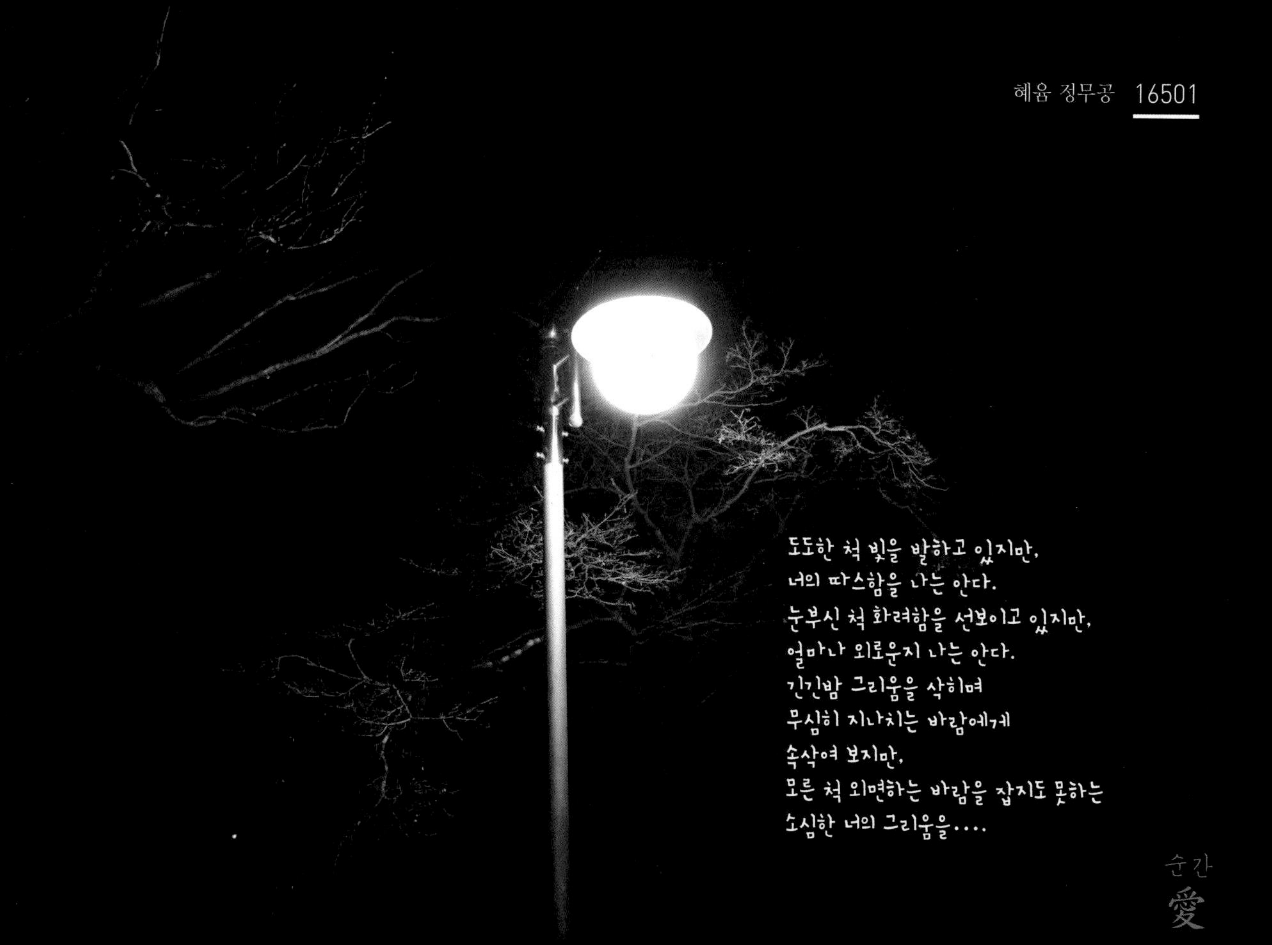

혜윰 정무공 16501

도도한 척 빛을 발하고 있지만,
너의 따스함을 나는 안다.
눈부신 척 화려함을 선보이고 있지만,
얼마나 외로운지 나는 안다.
긴긴밤 그리움을 삭히며
무심히 지나치는 바람에게
속삭여 보지만,
모른 척 외면하는 바람을 잡지도 못하는
소심한 너의 그리움을....

16502 혜윰 정무공

생각해 보라. 우리의 삶이 얼마나 아름다운가!
이 광활한 우주의 시공간 속에서,
단지 찰나의 짧은 순간일지도 모르지만,
지구별에서의 황홀한 시간을 만끽한다는 것....
오직 행복하였노라 노래를 부르고 자연의 위대함과 섭리 속에서
경이로움을 외친다.

혜윰 정무공 16503

마음을 깨끗하게 닦아 줄 무엇인가가 있으면 좋겠다. 울적한 마음, 괴로운 마음, 슬픔 마음, 고통과 외로움과 번민을 말끔하게 닦아 줄 수 있는 그런 수건이 있다면 좋겠다. 누구에게나 언제든 마음을 비우고 새롭게 시작할 수 있도록 하는 마음을 닦아 줄 수건이....

16504 혜윰 정무공
흔적을 만나는 일은 시간의 여행과 함께한다.
긴 기다림의 끝에서
초라한 무념 같은 모습을 하고 있지만,
그 자태는 짧은 연민과 함께
무상의 일깨움을 전해 준다.
모진 세파를 지나
이제 평온함으로
자리하고 있는
근원의 우직함
앞에서
존재의 미소를 본다.

소원을 기원하는 행위는
그 자체로 자신의 겸손과 염원,
희망과 소망을 담고 있다.
그렇게 되기를 원한다는 것에
땀과 노력, 현실의 벽을 초월하겠다는 각오가 곁들여지면
소망은 현실이 될 것이다.
이러한 경험은 앞으로의 삶에 충만한 자신감을 선물한다.

16506 혜윰 정무공
스물 두 개의 구멍 사이로 열기를 열심히 내뿜었을 탄아!
아직도 그 뜨거운 열기가 남아있는 듯하구나.
깊은 땅속에서 올라와 세상구경 좀 하나 했더니
불구덩이 속에 넣고는
너의 생기를 온 대지 위에 쏟아 놓고는
이제 껍데기만 남겨 놓았구나.
탄아, 연탄아!

혜윰 정무공 16507

숙명처럼 헤어져야만 하는 그런 이별이 있습니다.
영원히 함께할 것처럼 붙어 있었지만, 이별해야 할 순간이 오면
미련 없이 보내야 하는....
그래서 이별도 준비해야 하는 그런 운명으로 만나는 사이가 있습니다.
사랑했기에 더욱 떠나보내 주어야 하는 이별이....

16508 혜윰 정무공

사랑하는 사람이 하나의 가정으로
새롭게 출발하는 축복의 자리.
모두의 축하 속에
이제 첫발을 내딛습니다.
언제까지고 함께 하자는
약속의 발걸음.
서로가 하나의 목표를 향해 전진하는
소망의 발걸음.
둘이 만나 전체를 만드는
소중한 날.
일생 잊지 말기.

혜윰 정무공 16509

노력한다는 것이
확실한 결과로
반드시 이끄는 힘이라고
단정 지을 수는 없다.
하지만
원하는 결과를 얻기 위해
노력하지 않은 자
또한 없다.
단지
노력하다 보면
인내와 지혜,
열정과 도움,
사랑과 신뢰 등
마음의 선물을
받게 된다.
노력의 결과이며
선물이다.

16510 혜윰 정무공

둥글둥글
모나지 말고, 튀지 말고,
둥글둥글 살아라.
전에 할머님이 말씀하셨다.
둥글게 사는 게 무난하고
고무적이며, 자유롭게
살 수 있는 방법이라고....
구체적으로 말씀하시진
않았지만 평생 살아오시면서
나름 터득하시고 하신
말씀이셨으리라.
둥글게....

혜윰 정무공 16511

바람이 부는 것을, 비가 오는 것을,
한겨울 추위가 지나면 싹을 틔우는 것을,
태양빛이 작열하는 것을, 보이지 않는 작은
생명이 꿈틀대는 것을, 온 우주가 계속 움직이는
것을, 웃고, 울며, 심각하며, 고통에 아파하며,
사랑하는 것을, 나는 느끼고 있다. 살아있기에....

16512 혜윰 정무공

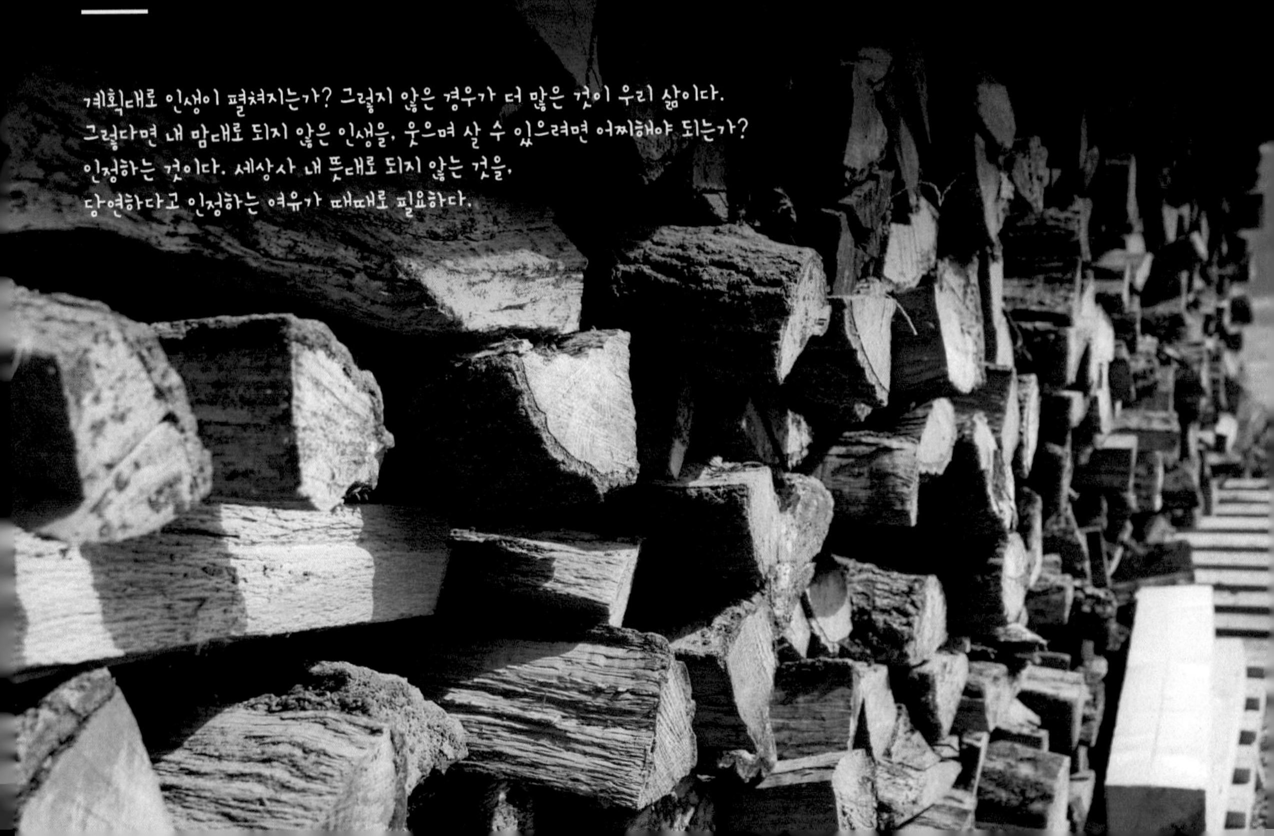

계획대로 인생이 펼쳐지는가? 그렇지 않은 경우가 더 많은 것이 우리 삶이다.
그렇다면 내 맘대로 되지 않은 인생을, 웃으며 살 수 있으려면 어찌해야 되는가?
인정하는 것이다. 세상사 내 뜻대로 되지 않는 것을,
당연하다고 인정하는 여유가 때때로 필요하다.

해야 할 일이 있어
아침이 오기를
기다리는
사람의
마음.
기대와 흥분,
설렘으로
다가오는
무언가를
맞이해야 하는
순간들의
경험이
있는가?
바로
행복한
사람의
모습일 것이다.
무엇인가
열심히
준비한 것을
선보인다든지
소중한 것을
마주하려는 그 순간.

16514 혜윰 정무공

잠시 멈춘다는 것이,
정지를 의미하지는 않는다.
여유롭다는 것이,
시간이 많다는 것은 아니다.
삶이 짧다거나 길다고
정의하기 어려운 것은,
기준의 잣대가 모호하기에....
쉼의 의미도 사람에 따라 다르다.
단지 우리가 영원히 쉴 수 없기에....
우린 다시 움직인다.

혜윰 정무공 16515
먹고 싶은 것을 배불리 먹고,
비바람 막아 주며 쉴 수 있는
아늑한 집이 있으며,
때와 장소에 따라 또는,
계절에 따라
갈아입을 옷이 있으며,
함께 기뻐 웃으며,
슬픔을 나눌
사람들이 주변에 가득하다.
보람을 느끼며
즐겁게 일할 터전도 있다.
완전 부럽지 않은가!
순간
愛

16516 혜윰 정무공

초저녁 밤이 시작되는 길목에
반짝거리며 등장하는 별빛들.
저 별들과 함께 우주를 여행하는 나는
참으로 행복하다.
여기 내가 존재함을 잘 기억해 두렴.
그리고 잘 기다리고 있기를....
내 곧 너희들 사이를
지나쳐 갈 것이니,
어쩌면 잠시 머물다 갈 수도 있겠지....

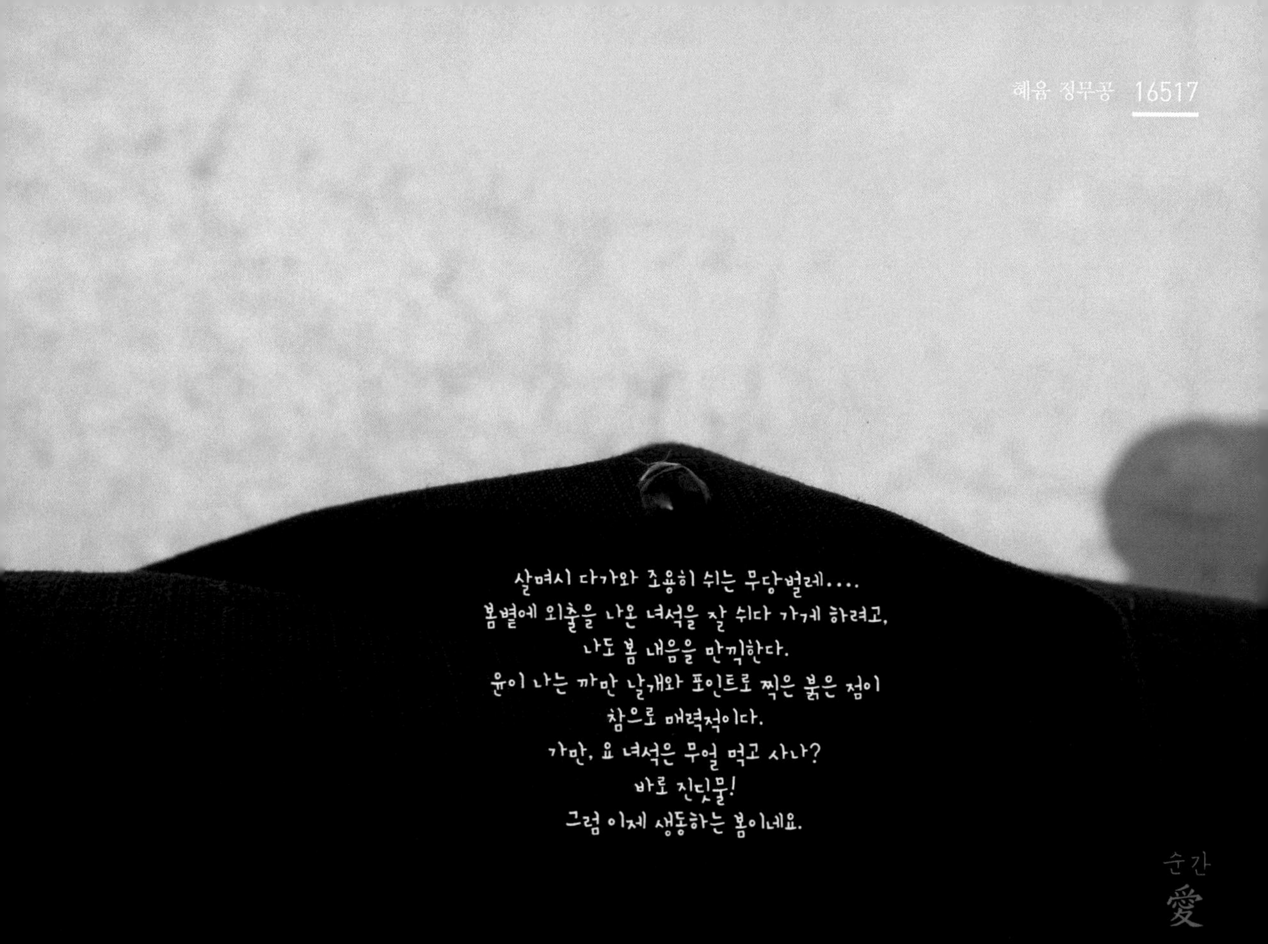

혜움 정무공 16517

살며시 다가와 조용히 쉬는 무당벌레....
봄볕에 외출을 나온 녀석을 잘 쉬다 가게 하려고,
나도 봄 내음을 만끽한다.
윤이 나는 까만 날개와 포인트로 찍은 붉은 점이
참으로 매력적이다.
가만, 요 녀석은 무얼 먹고 사나?
바로 진딧물!
그럼 이제 생동하는 봄이네요.

16518 혜윰 정무공

봄비가 내리네. 반가운 봄비라네. 온 대지 적시며, 촉촉하게 내리네.
그냥 떨어지지 않고 즐겁게 내리네.
작은 우주선도 만들고, 재잘거리듯 내리네.
동그라미 그리면서 장난꾸러기처럼 내린다네.
아마도 이 낙하를 위해 구름 따라다녔는지도 모를 일이라네.

혜윰 정무공 16519
봄이 오는 길에는 향기가 난다.
달콤한 향기는 봄바람을 타고 다니며, 부지런한 친구들을 불러 모아
꿀 잔치를 벌인다. 꽃향기와 꿀 잔치로 분주한 이들의 조합은
풍성한 열매로 결실을 맺을 것이다.
서로 도움을 주고받는 이들의 향연으로 우리는 봄을 본다.
순간 愛

16520 혜윰 정무공

마음이 온화하고 평온한 상태일 때는,
만나는 모든 것들이 아름답게 보인다. 그리고 조금 더 관심을 기울이면,
존재에 대한 의미도 새롭게 보일 것이다.
친숙한 마음으로 다가서면 물리칠 것 하나 없다.
그러기 위해서 사랑하는 마음을 애써 키워야 할 것이다.

혜윰 정무공 16521
春風의 유혹에 이끌려 밖으로 나가니
春花가 기다리고 있다가 반긴다.
함께 어울려 놀다 보니,
春望이 보인다.
노오란 꽃송이 안에 붉은 열매를 품고 있는
산수유를 누가 기대했으랴!
참으로 신기한 조화가 아니런가!
그러고 보니 우리도 늘 변하네, 신기하게....
순간
愛

16522 혜윭 정무공

음악이 흐르는 찻집 창가 포근한 의자에 앉아
모락모락 피어오르는 꽃차를 음미하며 시간을 잇는다.
순간 온전히 나를 감싸고 도는 피아노 선율과 창밖의 산들바람에 춤추는 나뭇가지의 지휘를 바라본다.
영원하다는 것과 지금의 순간을 어찌 비교하랴.

무엇이든 갈고 닦으면 결국에는 그만의 빛을 발한다.
일만 시간의 법칙이 아니더라도
꾸준히 계속의 위대함에 대해서는 반대의 입장이 없을 것이다.
누군가의 반대나 야유가 있을지라도
바보스러울 정도로 무엇인가에 노력을 기울이면
역사를 만든다.
순간
愛

16524 혜윰 정무공

오늘 새 생명으로
이 땅에 오신 모든 분들
환영합니다.
참으로 아름다운 세상을
살아가시기를 바랍니다.
또한 오늘 이 땅에 잠드신 모든 분들
편히 잠드시기를 기원합니다.
부디 이 세상보다 더 좋은 곳으로
떠나셨기를 바랍니다.
그리고 저도 따라갈 겁니다.

혜윰 정무공 16525
조마조마 기다려 온 날들이 얼마였던가!
금방이라도 꽃망울을 터뜨릴 듯 당당하다.
그렇게 기다리고 기다리며 모든 준비를 완벽하게 끝내고
이제 시원하게 움츠렸던 날개 꽃을 피울 것이다.
그러나 굳이 자랑하지도 않는다.
그토록 야무지게 기다린 순간.
순간
愛

16526 혜윰 정무공

반가운 사람들과 함께하는 시간들은 항상 아쉬움을 남긴다.
긴 여운을 남기며 또 다음을 기약하게 된다.
이렇게 아름다운 만남이 이어지기까지
서로 울고 웃으며 이해하는 긴 시간이 있어 왔음은 당연하다.
처음부터 이럴 줄 알지 못했다는 것을 기억하자.

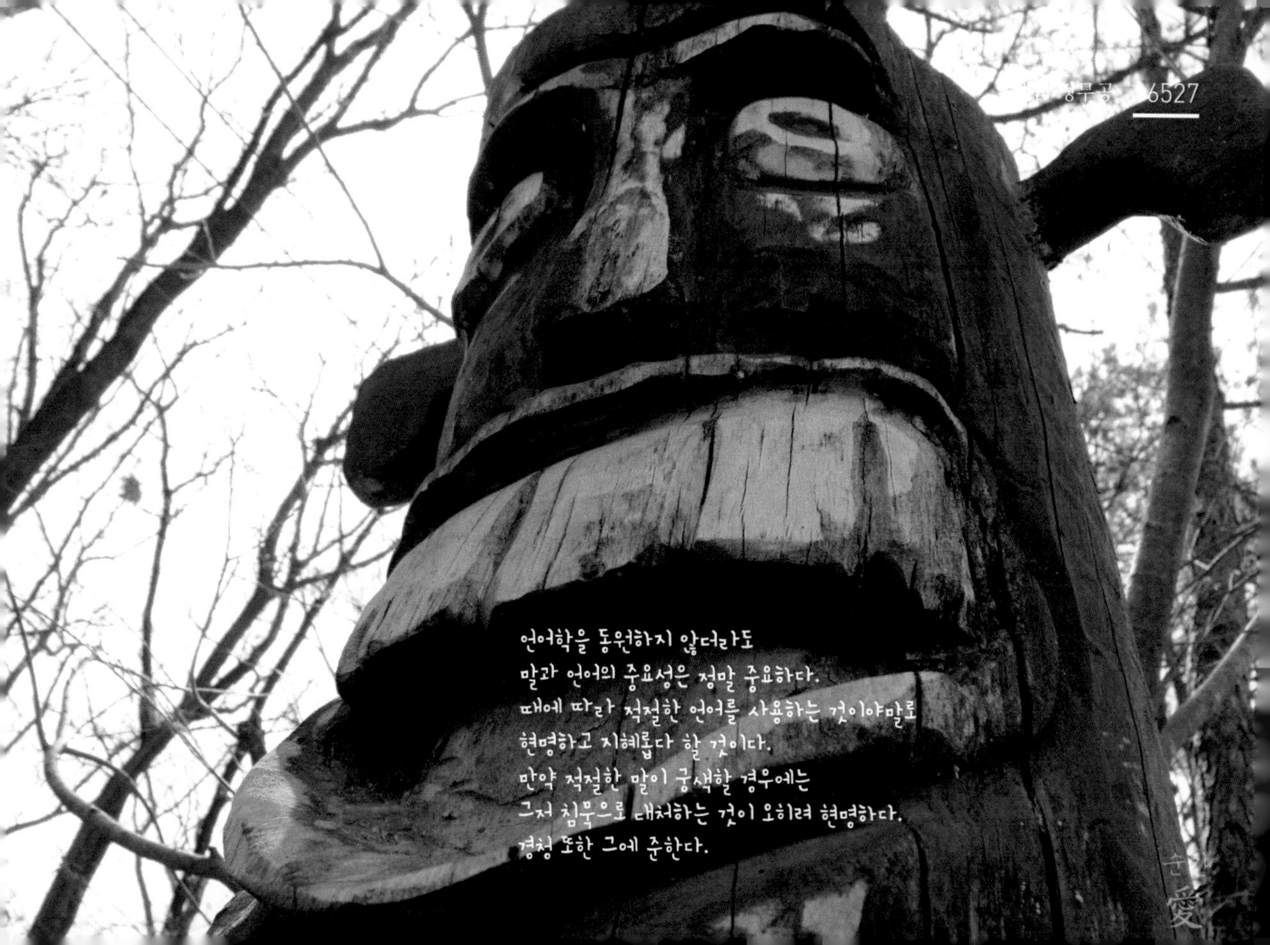

언어학을 동원하지 않더라도
말과 언어의 중요성은 정말 중요하다.
때에 따라 적절한 언어를 사용하는 것이야말로
현명하고 지혜롭다 할 것이다.
만약 적절한 말이 궁색할 경우에는
그저 침묵으로 대처하는 것이 오히려 현명하다.
경청 또한 그에 준한다.

16528 혜윰 정무공

시절을 따라 우리도 간다.
봄에는 봄 길을 걷고,
작열하는 더위에는 그에 맞는 길을 가면 된다.
풍성한 열매가 가득한 가을에는 어떤가.
또한 찬바람이 온 대지를 꽁꽁 얼려버릴 때는,
그에 맞는 길을 걷는 것이 당연하다.
우리의 삶은 그렇게 시절을 따라서 간다.

혜윰 정무공 16529
길든 짧든 거짓은 언젠가 밝혀지게 된다.
아주 단순한 거짓이든
작정하고 계획적인 거짓이든 말이다.
그래서 처음부터 정직한 것이 좋다.
때론 선의의 거짓이 필요할지도 모르나,
그 외 누군가를
의도적으로 속이기 위해 한 거짓은
결국 그 값을 반드시 한다.
순간
愛

16530 혜윰 정무공

칠십억의 사람들이 조화를 이루며, 살고 있는 지구
그중 한반도 대한민국 국민으로 태어나,
행복을 노래하며, 살고 있는 나는
최대의 자유를 만끽하며,
조화롭고 자랑스러운 대한국민이 될 수 있도록
열정 가득한 삶으로
이 민족의 자긍심을 본받아 살기를....

혜윰 정무공 16531
어린 시절
산과 들로 뛰어다니던 나는 개구쟁이....
특별한 간식거리나 멋진 장난감이 없었어도
그 얼마나 신나게 놀았는지 매일 저녁 늦도록 집을 잊었었다.
너무 늦어 아버지의 무서운 회초리가 기다리고 있었지만,
다음날도 또 그 다음날도 신나게 놀았다.
순간
愛

16532 혜윰 정무공
서로 비교하지 않고,
아니, 비교할 필요가 없고
경쟁할 필요가 없다면
문명은
발전하지 않고
과거에 머물러 있을까?
만약 그렇지 않다면
난 경쟁과 비교에서
빠지고 싶다.
초로 인생으로
살다 가면 어떠리....
있는 그대로
나름의 삶을 만들면서....
아! 난 그리 살리라.

조금은 가볍게 살자.
완벽해지려는 노력이 좋을 수도 있지만, 그 또한 욕심이 아닌가?
그러다 보면 과해지게 마련이고, 스스로 상처를 입게 될 수도 있다.
그래서 때로는 가벼운 마음을 갖는 것이 좋다.
너무 계획적인 삶도 잠시 내려놓고 여유로움에 젖어 보자.
혜윰 정무공 16533
순간
愛

16534 혜윰 정무공

이제는 눈물이 자연스러울 때인가!
홀로 사는 세상이 아니어서
때때로 마음 아픈 일들을 마주한다.
아직 낯설어 어찌해야 할지 모르는
어색함을 감추려 안간힘을 쏟아도 보지만,
아직 아픔에 그리 익숙하지 못한 나는
참으로 세상 편하게 사는 것은 아닌지....

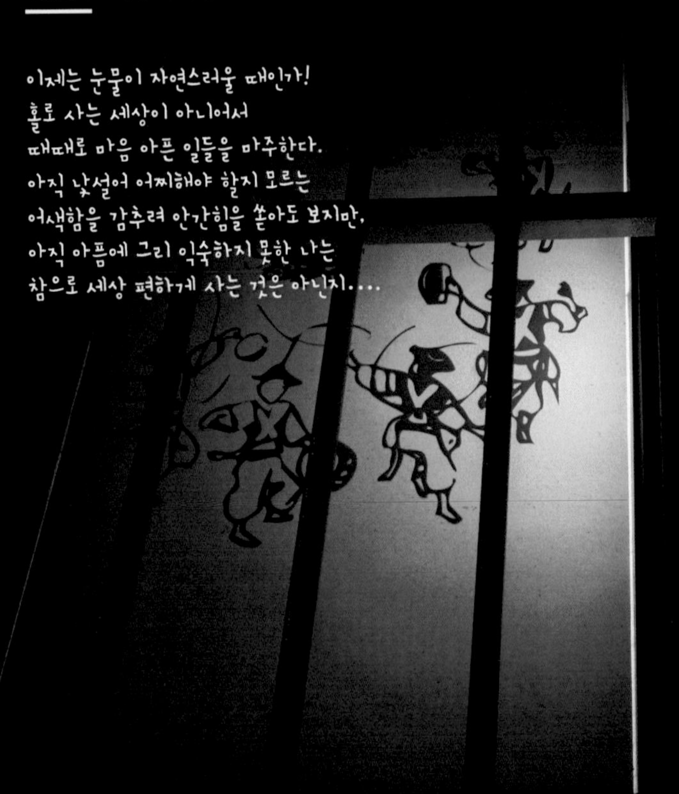

혜윰 정무공 16535

사랑은 참으로 많은 얼굴과 표정을 담고 있다.
연극배우인 양 호탕하게 웃기도 하고, 금방 심각한 표정으로
바뀌기도 하고, 서럽게 울기도 하면서
참으로 다양한 모습을 보여 준다.
아마도 사랑에는
세상 모든 표정을 다 연출하는 대본으로 쓰여 있는 듯하다.

16536 혜윰 정무공

두려움 없이 살아야 해
자신 있고 떳떳하게
그러려면
당연히 자신을 속이는
일이 없어야겠지.
당당하기 위해서
양심에 따라
바르게 살다가
실수도 하겠지만,
공손하게 사과하고
미안함에 더 열심히
노력한다면,
누구라도 용서받을지니
자신감 있게 살자.

혜윰 정무공 16537
도자체험
세상 모든 일은 내 뜻대로 될 수도 있고 그렇지 않을 수도 있습니다.
물론 뜻대로 되면 좋겠지만 내 맘대로 되지 않을지라도
자연스러운 일이라고 웃어넘기는 것이 당연한 일입니다.
만약 내 뜻대로 모든 일이 된다면 아마도 행복을 찾기는 어려울 것입니다.
순간
愛

16538 혜윰 정무공

잔에 물을 담으면 물잔이 된다.
주스를 담으면 주스잔이 되고, 술을 담으면 술잔이 된다.
내 마음엔 무엇이 담겨 있을까?
나의 노래가 담겨 있고, 나의 꿈이 선명하게 담겨 있다.
웃음과 미소가 담겨 있고 아름답고 행복한 기운이 담겨 있다.
이 정도면 초 긍정!

혜윰 정무공 16539

무엇으로 하루하루 이어 가시나요.
어제와 다름없는 일상에 별다른
감흥 없이 오늘이 지나가고 계신가요.
그렇다면 어제와는 뭔가 다른 점들을
찾아보면 어떨까요.
날씨도 바뀌었을 테고
무엇이든 변화된 점이 있을 테니까요.
뭔가 특별한 것이 아니라도....

16540 혜윰 정무공

꽃잎 하나 주워 들고는
작은 우주를 봅니다.
생명을 느끼며 꿈틀거리는 물줄기에서
생의 묘미를 바라봅니다.
세상 모든 향기를 부러워하지 않고,
오직 자신의 향기로 만족하는
자족의 여유를 배웁니다.
그만의 흔들림으로
존재의 위대함을 노래하는 이여....

혜윰 정무공 16541
언제부터인가
감정의 기복이 그리 심하지 않은 나를 봅니다.
크게 슬퍼할 것도, 대단히 기뻐할 일도,
이제는 그냥 그러려니 합니다.
길가에 핀 들풀을 보면서도
만족과 아름다움을 느끼고,
새날이 밝아 오는 순간의 감격과,
석양의 노을을
그냥 느끼고 즐길 뿐....
순간
愛

16542 혜윰 정무공

밝은 빛을 보며 살자.
물론 그 이면에는 어둠도 함께 하겠지만,
굳이 어둠 쪽으로 시선을 고정시키고 마음 아파하지 말자.
잘 살펴보면 언제나 빛은 있다.
지난 시간을 돌아보건대
우리 인생은 쏜살같이 지나간다.
그러니
밝고 환한 곳에서
빛나는 인생 만들자.

일찍 더위를 느낄 수 있는 타향에 왔다.
낯선 곳에서의 설렘과 두려움을 뒤로하고 이곳만의 향기와 독특함을
맘껏 느끼기를 기대한다.
과거로의 여행길을 좋아하는 나에게는 좋은 추억거리가 될 기회인 듯하다.
아름다운 인생길의 여정에서 서성이다.

16544 혜윰 정무공
보이는 것과 보이지 않는 것.
과연 우리는 이 모두를 감안하며
세상을 바라보고 있는지....
또는 일어나는 현상을
정확히 바라본다는 것이 가능한지....
아직은 모르는 것이 더 많다.
세상일들을 겨우
알량한 나의 머리로 이해하는 것이....
보이는 것도
제대로 못 본다.

혜윰 정무공 16545

어느 곳에서든 자유롭고
여유 가득하다는 건
몸과 마음이 조화롭게 건강하다는 것
생에 그토록 원하는 것들을
시간과 공간 속에서 하나씩 이루어나가는 것
만족하고 감사하며 사는 것
이 모든 것의 중심에는
존재에 대한 이해와 겸손의 마음이 스며 있다.

16546 혜윰 정무공

모든 일에는 다름의 인정이 선행될 때
비로소 원만한 결과를 얻을 수 있다.
나의 잣대로 비교하지 말 것이며,
무엇을 평가하지 않음으로 오히려 행복을 누릴 것이다.
무엇이든 자신의 도리를 다할 뿐
기대하지 않음으로 실망하지 않을 것이니, 평안하리....

여행이 주는 선물로 행복이 가득하다.
바람 없는 호수에 맑은 날씨, 눈부신 햇살과
아름드리 나무그늘
달달한 먹거리와, 함께하는 사람들
다양한 삶의 방식들을 들여다보며 느껴지는 생각들....
다름이 안겨 주는 여정의 순간들로 인생이 즐겁다. 아름다운 날.
순간
愛

16548 혜윰 정무공

앞서거니 뒤서거니 살아가다 보면...
나란히 가는 것이 부담스러우면...
우린 곧잘 앞뒤로 나아 갑니다.
서로 다르지만,
함께 할 수 있음에도 불구하고 그러곤 합니다.
모두가 함께 한다는 것은
우리의 욕심이라는 것 때문에
쉽지는 않나 봅니다.
거기서 거길 건데....

혜윰 정무공 16549

행동으로 말하는 사람
열정적으로 전진하는 사람
좌우를 살피거나 뒤돌아서지 않는 사람
장애나 한계를 만나지만,
그것을 시련이라 말하지 않고 방법을 찾아내고는 웃는 사람
스스로도 놀랄만한 잠재력을 일깨우는 사람
바로
무엇엔가 미쳐있는 사람

16550 혜윰 정무공

때로 우린 모든 것을
잃을 수도 있다.
하지만 지나고 나면
그 덕분에 새로
시작할 수 있었고
이전엔 상상도 하지
못했던 자아를
만나기도 한다.
그러고 보면
우린 아무것도 없이
지금의 모습을 하고 있다.
단지
심장이 뛰고 있다는
사실만으로도
삶은 계속된다.

혜윰 정무공 16551

마음에는 항아리가 있다.
이 항아리는 크기만큼 항상 무엇인가로 가득 채워져 있다.
만약 이 항아리에 빈 공간이 생기면 몸에 피가 모자라는 것과 같은 이상 증상이 나타난다.
결국은 병들게 된다.
단지 마음 항아리에 무엇을 채울지는 스스로 결정한다는 것!

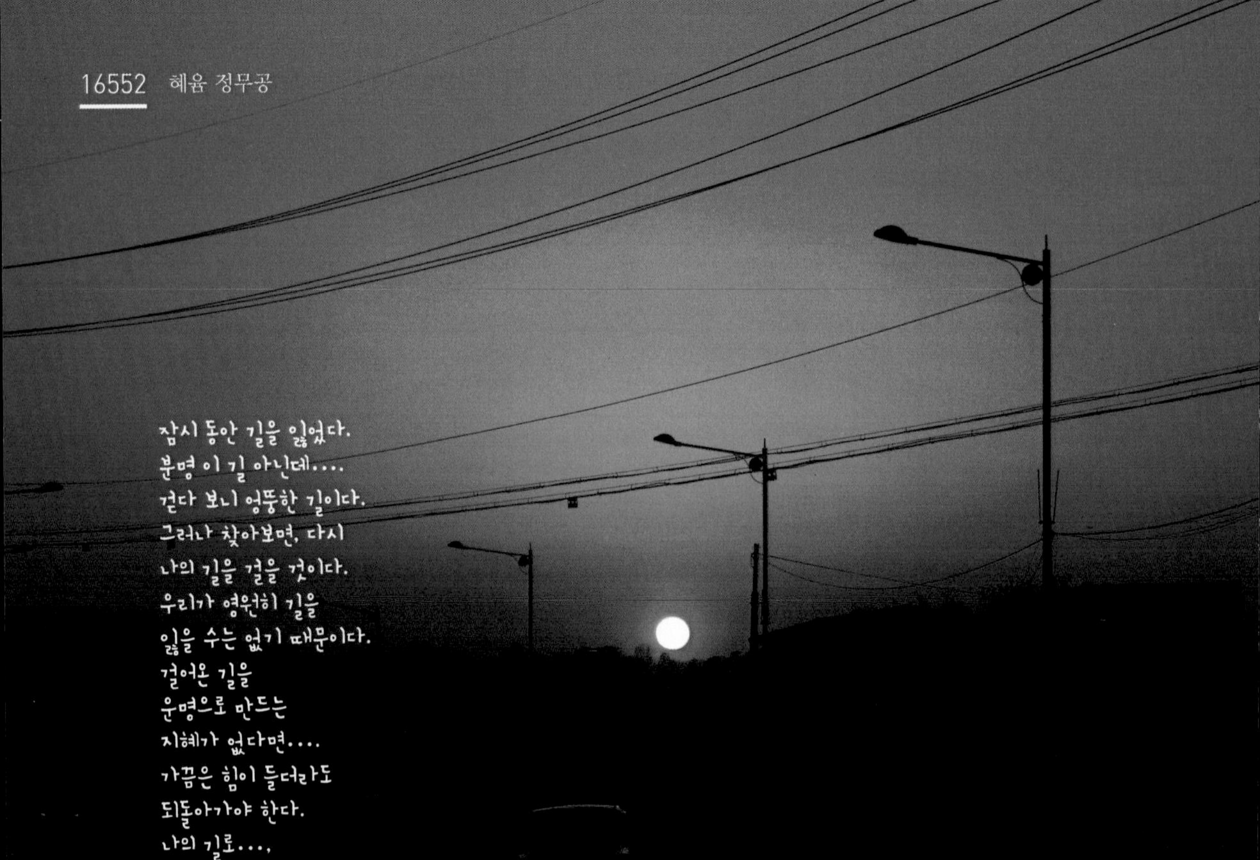

16552 혜윰 정무공

잠시 동안 길을 잃었다.
분명 이 길 아닌데....
걷다 보니 엉뚱한 길이다.
그러나 찾아보면, 다시
나의 길을 걸을 것이다.
우리가 영원히 길을
잃을 수는 없기 때문이다.
걸어온 길을
운명으로 만드는
지혜가 없다면....
가끔은 힘이 들더라도
되돌아가야 한다.
나의 길로....,

혜윰 정무공 16553

생각하고 또 생각하자
그리하면 후회가 적어질 것이요
만족하고 또 만족하자
그 누구보다 행복할 것이요
사랑하고 또 사랑하자
아름다움으로 채워질 것이요
인내하고 또 인내하자
누구라도 이해할 수 있을 것이요
배우고 또 배우자
지혜가 보일 것이다

16554 혜윰 정무공

조금씩 조금씩 세월의 흔적들이 보인다.
쭈글쭈글 주름이 깊어지고, 피부도 힘없이 처지고
밝았던 시야도 차츰 흐릿해지며, 잔소리 늘고 감 떨어지고,
쓸데없이 고집스러워지고,
나는 그러지 말아야지 했었는데,
어느 사이 더 이상스러워 가고 있다.
늙는다....

혜윰 정무공 16555
매일의 삶을
낭만과 멋으로 채울 수는 없지만,
좋은 순간들만 기억하려 애쓴다면
분명 즐거운 추억들을 남길 수 있으리라....
괴로워하고 슬픔을 맞이하기도 한 것이 인생이지만,
긍정의 요소를 조금 더 첨가하면
고뇌 가득한 삶으로
우울해지지는 않으리라.
순간
愛

16556 혜윰 정무공

우리가 존재하는 이 시간과 공간은
단 한 번뿐이라는 점에서, 무척이나 소중하고 값지다.
과연 생명의 기한이 없다면 얼마나 엉성하고 무의미 없는
인생을 살아갈까?
아마도 그래서 우주의 조화는
유한한 삶을 허락하고
그 속에서 무언인가를 하도록 한다.

어린아이의 마음이란....
지나고 나면 아쉬움이 남고, 되돌아가고 싶은 순수의 경지이다.
그 경지를 지나 세상의 온갖 것들과 섞인 후에야
비로소 깨닫게 되지만 돌이킬 수 없는 강을 넘어온 것처럼
그 순수함을 되찾기란 쉽지 않다.
이제는 어른의 순수를 찾자.

16558 혜윰 정무공

생명의 시작은 참으로 신기한 일이다.
어미의 우주 속에서 세상으로 나와 온 우주를 누빈다.
어미의 우주 속에서는 그곳이 전부인 듯했을 것이나
이생의 우주 또한 다 경험하지 못할 것이다.
그러니 우리 죽어 저승에 가면 그 또한 신묘막측할 지경일 것이다.

혜윰 정무공 16559

그리움의 길목에는 기약 없는 기다림이 동반된다.
아련한 기억 속에 묻어나는 추억 속에는
추함은 사라지고 오직 아름다움만이 웅크리고 있다.
그리워하다 지칠 만도 하지만, 못내 떨치지 못하는 나의 마음은
가끔 꺼내 보며 미소 짓는 오래전 그날의 편지.

16560 혜윰 정무공

저마다의 빛과 향을 아무런 두려움 없이 드러낼 수 있다는 것은,
아마도 자유라는 명분이 아니라도 주장할 수 있다.
그런데 왜 우리는 소심하게 살아갈까?
자연스러움의 조화를 누리는 대신에
우월과 발전의 군림에 발을 담가서일까? 아님 문명의 이기일까?

아무런 비교 없이 산다면, 얼마나 좋을까?
욕심을 부리지 않아도 당당하게 산다면, 정말 평화롭지 않을까?
서로의 다름이 원인이 되어 다툼이 없는 것이 자연스러운 것이면,
그 얼마나 평온한 삶이지 않을까?
존재하는 모든 것은 조금씩의 양보와 이해로 산다.

16562 혜윰 정무공
당연하고 익숙한 것을 돌아보고, 감사해 하는 마음은,
여유로움이 주는 매력 가운데 하나이다.
때론 이 매력 덕분에 인생의 기쁨을 만끽하기도 한다.
시절을 따라 세상의 이치와 순리대로 모든 것이 움직이고 변화하지만,
그 자체만으로도 감사할 것이 많다.

혜윰 정무공 16563
무엇인가 보고, 무엇인가 듣고,
무언가를 경험하고, 무엇인가를 느끼며....
그렇게 영향을 받고 영향을 주며,
그렇게 인생을 만들어 간다.
지금의 나는 이 모든 것의 결과이며,
앞으로 만나게 될 모든 것에
변화의 가능성을 열어 놓고
어울려 살다가 그곳으로 간다.
순간
愛

16564 혜윰 정무공

온 우주가 정성스럽게 만든 이 작은 기적들을 우리는 매일 만날 수 있다.
자연을 통해 수분을 흡수할 힘을 주었으며, 때를 따라서 필요한 양분을 보내며,
대지와 교감과 소통을 하고, 내어 주어야 할 것들을 나누면서
그렇게 다시 우주로 돌아간다. 기적을 본다.

날마다 새로운 인생을 산다. 물론 어제까지의 경험치로
오늘을 만나기는 하지만, 어제와 다른 세상을 만나는
것이기에 오늘의 인생은 어제와는 분명 다르다. 그러하
기에 만나는 모든 것들에 감사와 사랑을 담는다. 하루
하루 순간 속에서 영원을 노래하며....

16566 혜윰 정무공

달콤한 열매를 얻기 위해 땅을 일구고
수고의 땀방울을 흘립니다.
참으로 당연한 일입니다.
단지 지금 당장의 노동이 힘겹지만
무엇이든 공 없이 얻어지는 것이 아닌
세상이 오히려 감사합니다.
살아가는 동안 늘 대가를 치르면
그에 합당한 열매를 얻는 것....

혜윰 정무공 16567
모자람이 주는 좋은 점 중에는, 조금의 아쉬움으로 인한 다음의 기약이다.
그렇기에 때로는 넉넉함으로 인한 만족보다 더한 여운을 남긴다.
아직 미완성인 인생은 그래서 묘한 매력 덩어리다.
조금씩의 부족한 점도 그렇게 이해하자.
그러면 웃을 날이 많다.
순간
愛

16568 혜윰 정무공
흙 속에는 무엇이 있기에 이 모든 것들을 품어 주고 길러 줄까?
자신의 속을 파헤치고 들어오는 수많은 뿌리들에게
아낌없이 자신의 속살을 내어 주고도 자랑치 않을까?
모든 것 아래에서 누구에게나 자신을 내어주지만
절대 아래가 아닌 대지의 여신이여!

혜윰 정무공 16569
보이는 것은 때로 느껴지는 것과는 차이가 난다.
그래서 사람은 겪어 봐야 안다고 말한다.
우리에게 날카로운 가시가 있을 수도 있지만,
오히려 그 가시가 지극한 부드러움으로 작용할 수도 있다.
찌르고 경계하는 것이 아니라면 가시 덕분에 좋아질 수 있다.
순간 愛

16570 혜윰 정무공

보리가 익어가는 계절에는
더욱 간절하게 배고픈 시절이 있었단다.
주린 배를 움켜쥐고 청보리가 언제쯤 익어
누렇게 변하는지를 하염없이 기다리던
시절을 겪었던 우리 시대의 어버이들이
참으로 많았음을....
지금이야
특별식으로나 맛보는
꽁보리밥.

혜윰 정무공 16571

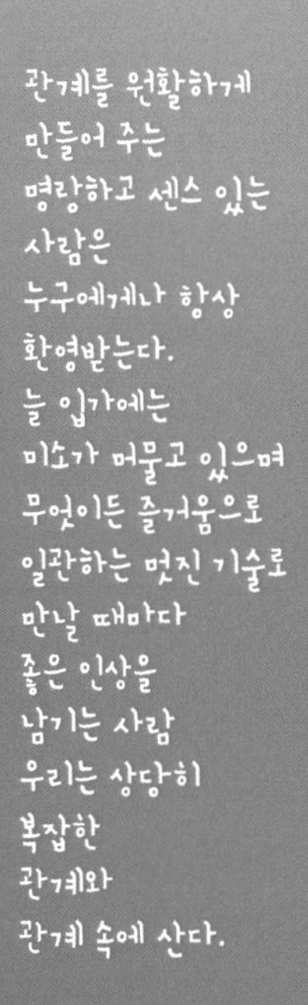
관계를 원활하게
만들어 주는
명랑하고 센스 있는
사람은
누구에게나 항상
환영받는다.
늘 입가에는
미소가 머물고 있으며
무엇이든 즐거움으로
일관하는 멋진 기술로
만날 때마다
좋은 인상을
남기는 사람
우리는 상당히
복잡한
관계와
관계 속에 산다.

16572 혜윰 정무공

소꿉장난하며 놀던 어린 시절
한쪽에선 돋보기안경 없이는 바늘귀 찾기 힘드신 할머니께서 바느질을 하시고,
그 옆에는 어린 동생과 눈을 맞대고 '까꿍'을 외치던 어머니,
그렁그렁 꿀잠 주무시던 아버지의 땀 냄새가 콧등을 날름거렸던 추억의 마룻바닥.

혜윰 정무공 16573

마음 설레게 하는 바람이 분다. 따사롭고 부드러운 바람이다.
언제 어디에서 시작됐는지 알아차리기도 전에
나의 온몸을 휘감고 그 바람에 취하게 한다.
손끝으로 바람을 잡아 세워보려 하지만 잡히지도 않으면서
온몸 구석구석 마음속까지 휘젓는다.

16574 혜윰 정무공
슬픔이 파도처럼 몰려온다는 건...
죽을 만큼 큰 통증이 있다는 건...
가슴 철렁거리는 놀람이 있다는 건.
훌훌 털어 버리지 못한다는 건...
아픔이 있다는 건...
괴로움이 있다는 건...
말 못할 비밀이 있다는 건...
고민거리가 있다는 건...
누군가 미워진다는 건...
살아 있는 증거....

기다리고 또 기다리다 우리는 그렇게 만났네. 이제야 찾아 왔지만
오랜 기다림의 조바심은 반가운 마음에 모두 잊었네.
이런저런 궁금함이 셀 수 없이 많았는데...
만나자마자 머릿속은 텅 비어 버렸네.
단지 지금 막 왔을 뿐인데... 오랜 기다림 끝에 만나는 것은....

16576 혜윰 정무공

길가에 수줍게 피어난 노오란 들꽃과, 이슬에 젖어 싱그러운 연녹색의 풀잎들....
졸졸 흐르는 냇가의 여행객들, 어미를 찾는 새끼들의 쫑알거리는 소리들.
변화무쌍하게 그려지는 구름과 바람의 작품들.
집 앞에서 맞이하는 아침이란 시간의 경이로움이다.

혜윰 정무공 16577
무엇이든 채워 주기를 기다리는 빈 잔으로 여기 기다리고 있네요.
무엇으로 불리울지는 당신의 손에 달렸네요.
당신이 채워준 것의 '무엇'이 되기로 결심했답니다.
그래서 나는 내 속을 비웠답니다.
당신이 원하는 것을 담으시라고 나는 아직 빈 잔이랍니다.
순간
愛

16578 혜윰 정무공

마음과 정성을 모아서 누군가에게 전해진 모든 것의 가치는
받는 사람의 마음에 따라 그 크기가 달라진다.
값어치 없는 경우도 있겠지만,
아주 사소한 것일지라도
소중하게 받아들인다면
이 세상 그 무엇과도
비교될 수 없는
아주 값진 것이
될지도 모른다.

혜윰 정무공 16579

은은하게 진한 네 향기는 나의 온몸을 자극하며, 이 계절을 만끽하게 한다.
향기의 유혹에 취해 너의 깊은 속까지 탐하게 되는 시절이다.
흠뻑 취하여 시간을 잊으려 하나, 무심하게 흐르는 시간은
아쉬운 여운을 남기겠지....
그러나 너의 유혹은 언제나 반기리.

순간
愛

16580 혜윰 정무공

누구나 저마다의 이야기가 있겠죠. 그리고 그 시작의 출발점도 있겠죠.
거슬러 올라간 역사도 있겠지만, 이 씨앗의 이야기는 이제 시작하려고 합니다.
그만의 이야기 속에 담겨진 여행을 막 준비하고 있답니다.
앞으로 펼쳐질 이야기가 궁금하시죠? 저두요.

안개 가득한 날에는 인생을 돌아본다.
그리 멀리 내다보지도 못하고 그리 먼 과거도 보이지 않는다.
그저 보이는 그만큼만의 거리만 느껴질 뿐이다.
그래서 우리 삶은 안개 가득한 길을 걷는 것과 같다.
가려진 앞길의 실체를 조금씩 조금씩 알게 되는 인생길.

16582 혜윰 정무공
꽃을 찾아가는 나비의 날갯짓은 행복으로 가득할 것 같습니다.
무엇인가를 향한 마음으로 충만할 때, 기대에 벅찬 그 가슴에는
오직 환희로 가득 차 있을 듯합니다.
그 열정 가득한 날갯짓은
보는 이마저도 황홀하게 할 것 같습니다.
숨 가쁜 날갯짓의 달콤함....

자유롭게 날아오를 꿈을 꿉니다.
이제 조금 더 있으면, 난 비행의 자유를 누리게 되겠죠.
나의 어미가 그랬듯이.... 나의 형제들과 함께 창공을 누비며 날아오를 것입니다.
지금은 열심히 연습하고 있답니다.
조금씩 조금씩 멀리 날기 훈련을 열심히 할 것입니다.

16584 혜윰 정무공

나 하나의 작은 손짓에도 당신은 기쁨의 노래를 부르네요.
나의 모든 것을 기억하려 애쓰는 당신의 마음에 나는 눈물이 납니다.
이러한 사랑을 당신께서 알려 주네요.
온몸과 마음을 오롯이 당신께만 전하지 못하는 것까지
당신의 바다에서 나는 배웁니다.

혜윰 정무공 16585
함께 걸었던 그 길을 서성이고 있다.
님이 오시기에....
나의 님이 오시기에....
두근거리는 가슴을 애써 진정시키려 하지만,
벅차오르는 심장을 억누르지 못하는 나는
겨우, 겨우....
주변을 둘러보려 하지만,
이미 나의 눈은
내 님의 발걸음만 찾고 있음을....
그 거리에서....
순간
愛

16586 혜윰 정무공

존재하는 모든 것은 그 자체로 아름다움과 가치가 있다.
모든 것을 다 이해하고 헤아릴 수는 없지만, 함께 살아가는 것이기에
더 많은 배려와 책임, 그리고 사랑하는 마음이 필요하다.
오묘하게 공존하는 이 세상의 존재들은 모두 소중하고 귀한 것이다.

시원한 음료가 주는 청량감처럼
갈증을 풀어 주는 그런 사람이 있다.
부족함을 채워 주는 사람도 있고,
적절한 조화로 한층 더 부드러운 삶을 만드는 사람도 있다.
누구나 누군가에게 그럴 수 있다.
우리는 완벽하지 않기에 더 그렇다.
그래서 서로 기대며 산다.

16588 혜윰 정무공

참 다행이다. 아직 함께 바라볼 수많은 것들이 있기에....
참 다행이다. 아직 함께 해야 할 많은 것들이 있기에....
참 다행이다. 아직 함께 가보지 못한 많은 곳이 있기에....
참 다행이다. 아직 함께 나눌 많은 이야기가 있기에....
참 다행이다. 아직 함께 할 사랑이 많이 있기에....

자신의 자리를 알고 그곳에 찾아가는 것은 자연의 이치이기도 하다.
결국 우리는 그곳으로 갈 것이다. 꿈을 따라가기도 하고, 주어진 숙명대로
가기도 하지만 가야 할 곳으로 가기 마련이다.
혹시라도 원하는 길이 아니었다고 느낄 수도 있지만 웃으며 가자.
순간 愛

16590 혜윰 정무공

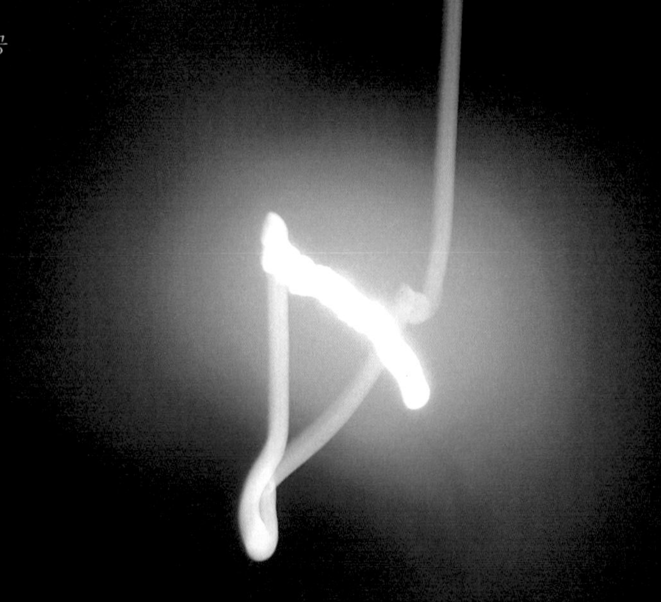

무아지경의 경험 속에는 몰입의 극과 함께 감정의 최고조와 표현이 불가능한 그 무엇이 있다.
어떠한 일이든 최상의 노력과 정성이 더해지면, 세상이 감당하기 어려운 지경에 이르게 된다.
이런 경험의 당당함을 어찌하겠는가? 벅차게 타오르는 심장이여....

헤윰 정무공 16591

모내기 시작할 즈음 보리 익어 갑니다.
시절을 따라 제 역할을 잘하고 있는 보리를 보면서,
살짝 나를 돌아 봅니다.
나는 나의 할 일을 잘하고 있는지....
모두가 같은 시간과 공간을 공유하고 있으면서, 웃을 수 있음은,
각각의 역할을 잘 해내고 있다는 증거일 테죠....

16592 혜윰 정무공

아름답다는 건
이미 아름다운 마음이어야 느낄 수 있는
감정이지 않을까?
마음 가득 걱정과 근심으로 가득 차 있다면,
주변에 있는 그 어떤 것도 느껴지지 않을 듯하다.
그러니 이 아름다운 것이
눈에 들어오려면 먼저
아름다운 마음에
사랑을 더하여야 하리....

그에게로 가는 발걸음은 기분 좋아. 룰루랄라 저절로 콧노래 나오고, 신나서 무척이나 가볍다네....
그에게로 가는 발걸음엔 가슴 두근거리는 설렘으로 가득해서 언제나 즐겁다네....
그에게로 가는 발걸음은 사랑 가득 안고 가지만 구름 위를 걷듯 황홀하다네....

16594 혜윰 정무공

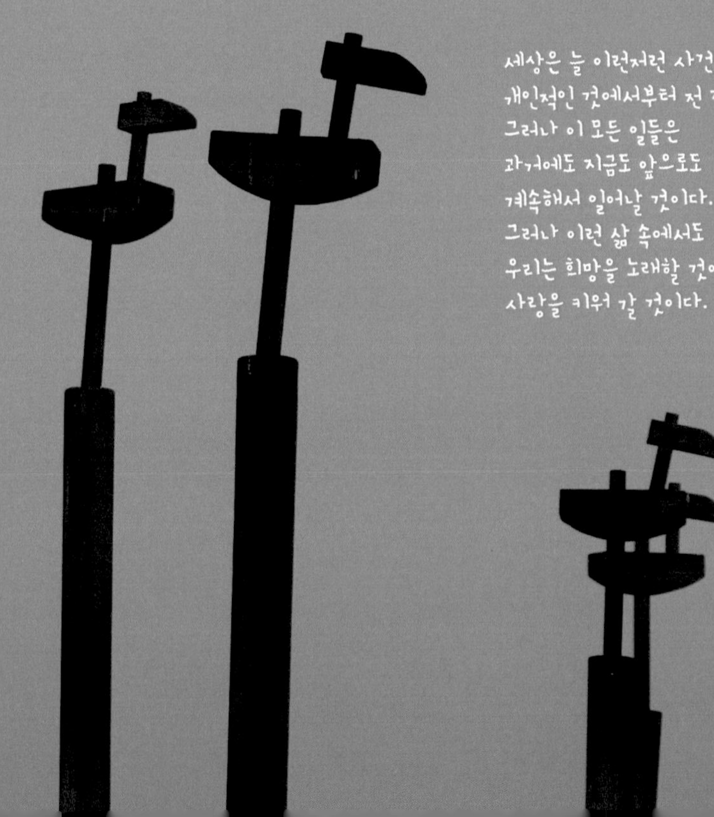

세상은 늘 이런저런 사건과 사고가 끊임없이 발생하고 있다.
개인적인 것에서부터 전 지구적으로....
그러나 이 모든 일들은
과거에도 지금도 앞으로도
계속해서 일어날 것이다.
그러나 이런 삶 속에서도
우리는 희망을 노래할 것이며,
사랑을 키워 갈 것이다.

혜윰 정무공 16595

그대의 향기는 시대를 떠나
많은 연인들의 사랑을 받았답니다.
그대의 꽃잎에 수 없는 사랑의 열매가
이 세상을 공유했답니다.
그대의 뜨거운 정열에
그 얼마나 많은 청춘들이 공감했는지,
아마 당신은 상상치 못할 겁니다.
그런 그대를 누구나 사랑할 테죠....

순간
愛

16596 혜윰 정무공

사랑을 한다는 건
사랑을 받는다는 건
이 세상 모든 것들을 아름답게 볼 수 있는
마음과 눈을 얻게 되는 것이다.
할 수 없을 것 같은 일들도,
두려움 없이 하게 되는 용기까지
덤으로 얻을 수 있다.
사랑의 힘은
불가능을 가능하게 하는
마술과도 같으니....
사 랑 하 자.

목숨을 다해 지켜야 할
소중한 것이 있다는 건...
지독한 욕심일 테지....
그 지독한 욕심 때문에...
아마도 목숨이 거론될 테지....
그러나 다 놓아 버리고,
훌훌 털어 버리고,
결국은 가야 할 테지....
그러려면 조금은 가볍게 살아야 해.
지독한 욕심은 버려야 해.
그런데 우리는....

16598 혜윰 정무공

그 사람을 만나지 못하는 날에....
하필 외로운 등대를 보네.
저기 그가 기다리며 손짓하는 듯, 그렇게 서 있네....
그리움 한 가득 가슴 울리게 멋쩍게 서 있네.
그 사람도 애태우며 저리 서성일까?
잘 있다는 걸 알면서도 안절부절....
몸은 여기 있지만 내 마음은
그에게로....

아마도 세상에는 우리가 어찌할 수 없는 것들로 가득할지도 모른다.
다만 스스로 착각하며 무엇인가를 어찌했다고 믿는 것일지도....
아마도 세상에는 우리가 어쩌지 못하는 건 하나도 없을지도 모른다.
다만 스스로 할 수 있는 게 아무것도 없었다고 말할 뿐....

16600 혜윰 정무공

이야기 가득한 곳으로의 여행이 주는 즐거움은 행복을 가중시키고,
저녁 노을 붉은 서글픔을 감추고, 도란도란 옛 추억의 향연이 펼쳐진다.
긴 긴 밤, 밤꽃 향기 퍼지고, 추억의 시절들
하나둘 꺼내 보니 시간은 멈춰지고, 눈가에 이슬이 맺힌다. 촉촉한 시간 속....

혜윰 정무공 16601

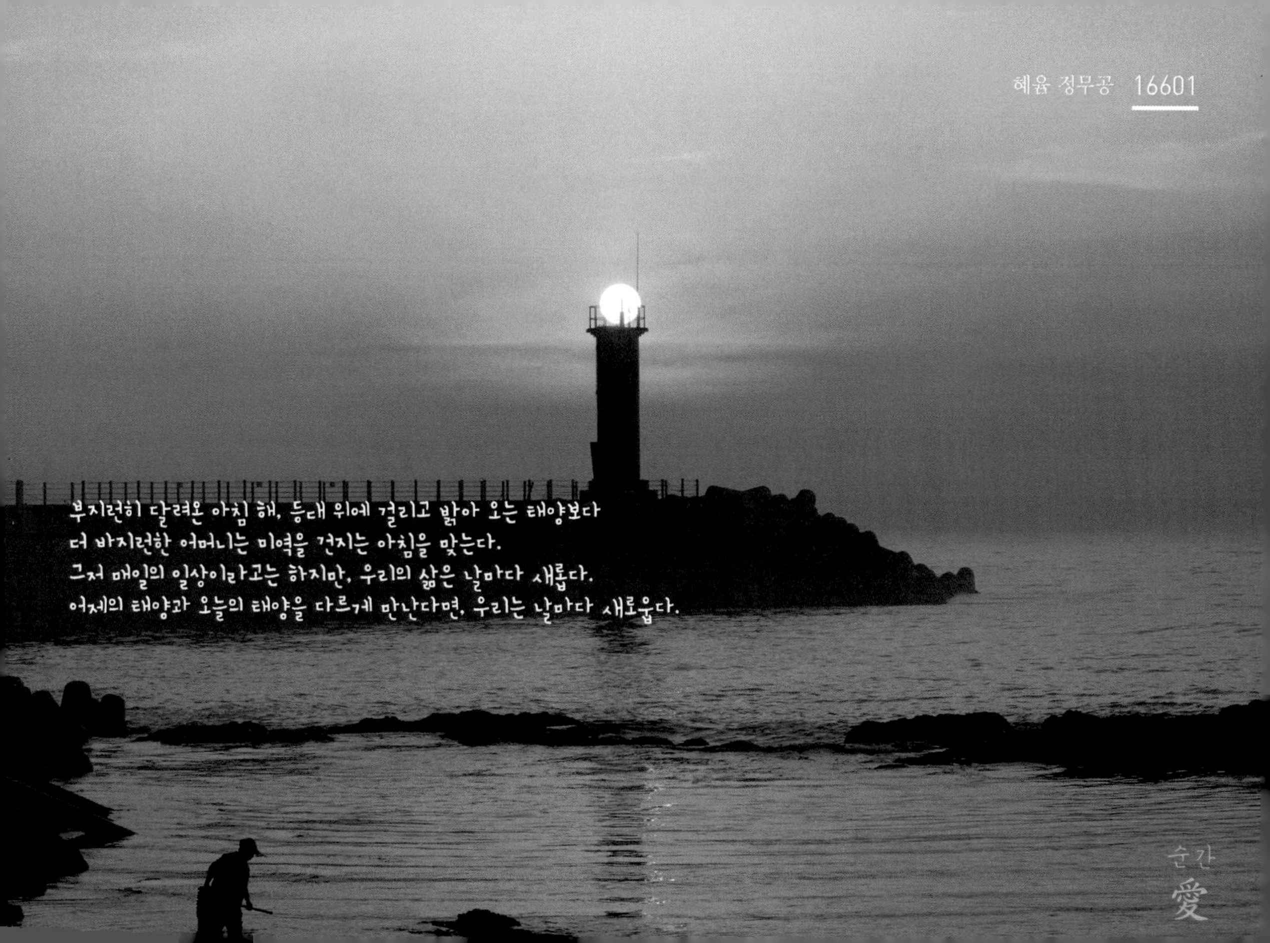

부지런히 달려온 아침 해, 등대 위에 걸리고 밝아 오는 태양보다
더 바지런한 어머니는 미역을 건지는 아침을 맞는다.
그저 매일의 일상이라고는 하지만, 우리의 삶은 날마다 새롭다.
어제의 태양과 오늘의 태양을 다르게 만난다면, 우리는 날마다 새로웁다.

순간 愛

16602 혜윰 정무공
어여삐 보이더이다. 당신의 곱디고운 자태가....
어여삐 보이더이다. 당신의 세심한 마음 씀씀이가....
어여삐 보이더이다. 당신의 그 사랑스러운 움직임이....
어여삐 보이더이다. 당신의 달콤한 향기로움이....
어여삐 보이더이다. 당신이 감내해 온 수많은 시간들이...

혜윰 정무공 16603
먼 시간의 후에
그립고 그리운 그의 흔적을 찾아서,
추억 여행을 해 보리라.
찾을 수 없을지도 모르지만,
상기한 얼굴빛을 만나게 되리니....
아련했던 기억을 더듬고,
회한과 감격의 긴 한숨을 감추며,
조용하게 발걸음 내딛는 모습이 보인다....
아주 먼 시간의 후에....

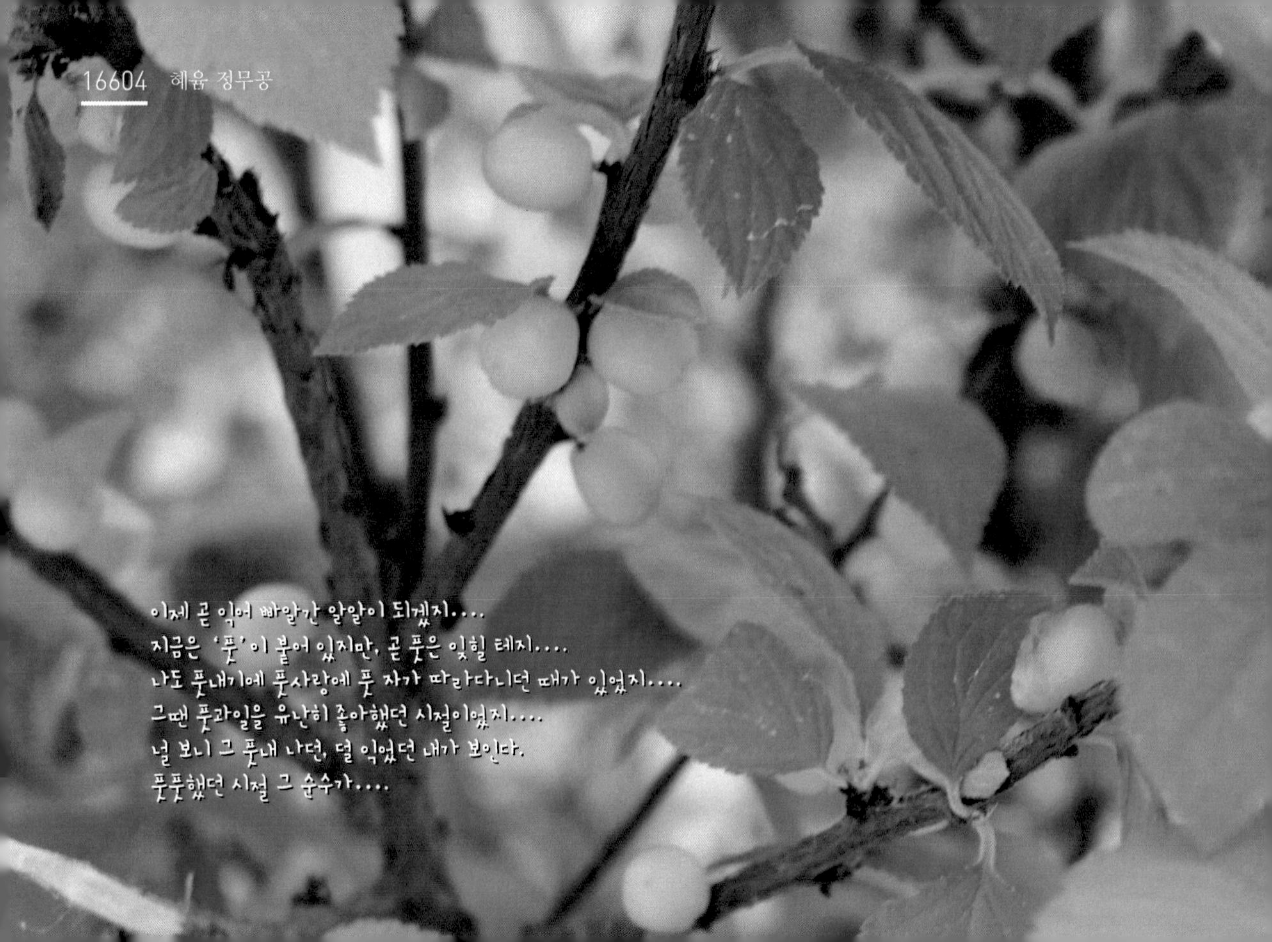
16604 혜윰 정무공
이제 곧 익어 빨알간 알알이 되겠지....
지금은 '풋'이 붙어 있지만, 곧 풋은 잊힐 테지....
나도 풋내기에 풋사랑에 풋 자가 따라다니던 때가 있었지....
그땐 풋과일을 유난히 좋아했던 시절이었지....
널 보니 그 풋내 나던, 덜 익었던 내가 보인다.
풋풋했던 시절 그 순수가....

정성을 다해 너를 키워 낸다.
매일 보살피고 생명 물을 주며, 자식 돌보듯 너를 보듬는다.
이제 대지의 여신에게 너를 맡기고, 또 너를 살피겠지....
태양과 비와 바람의 도움으로 맺힌 네 알갱이는
은혜를 갚는다며 내 품으로 스며들겠지....
그렇게 서로를 돌본다.
혜육 정무공 16605
순간
愛

16606 혜윰 정무공

창밖 너머 어딘가에 아직 보지 못한 작고 예쁜 요정 같은 꽃이 피어 있었네....
오가는 이 없는 한적한 곳에 옹기종기 모여 피어 있다네....
혹여 지나는 축생들에게라도 방긋 인사하려는 듯 그리 피었다네....
창밖 너머에는 아직 한 번도 보지 못한 꽃들이 무성하다네....

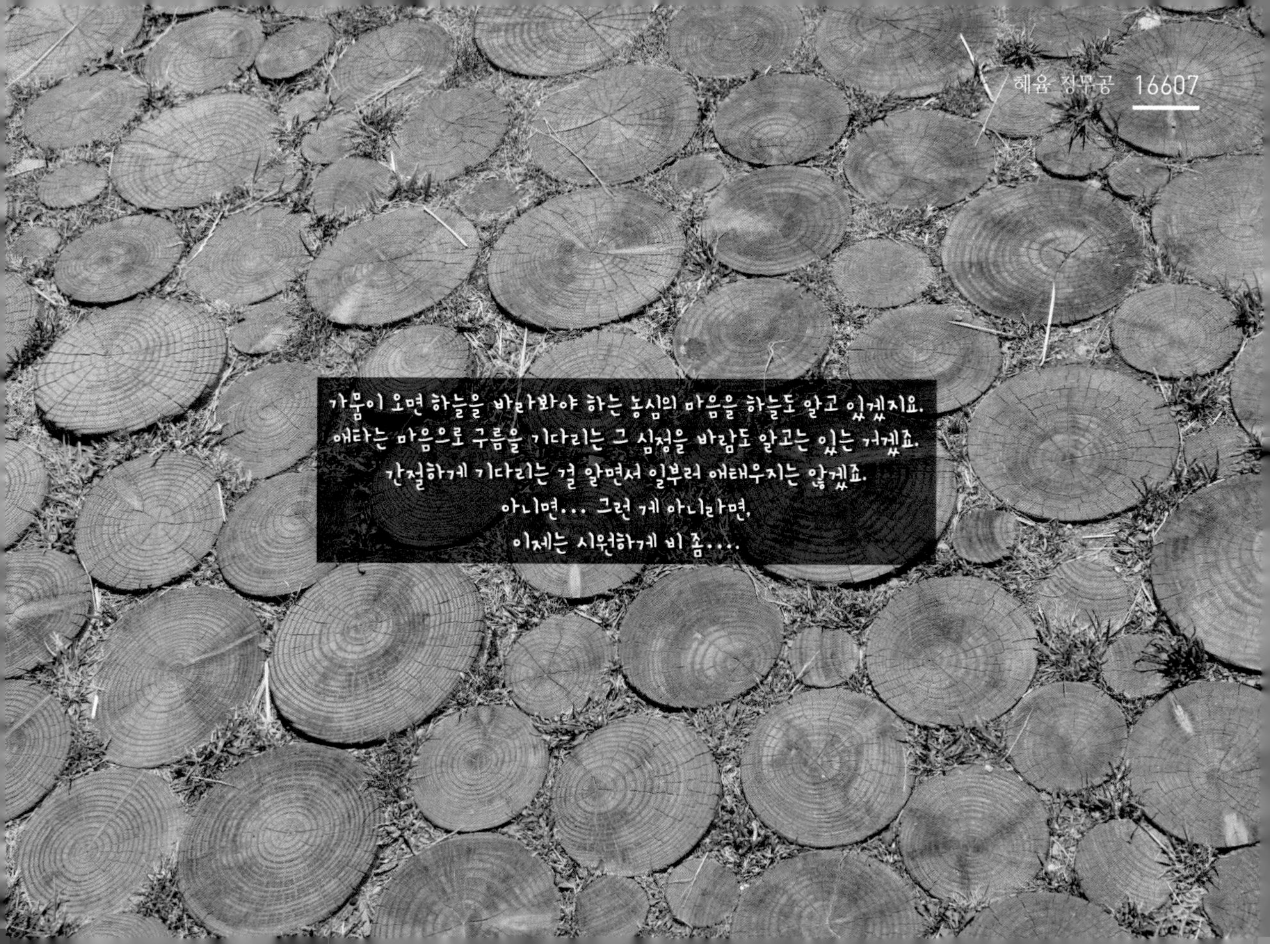
가뭄이 오면 하늘을 바라봐야 하는 농심의 마음을 하늘도 알고 있겠지요.
애타는 마음으로 구름을 기다리는 그 심정을 바람도 알고는 있는 거겠죠.
간절하게 기다리는 걸 알면서 일부러 애태우지는 않겠죠.
아니면... 그런 게 아니라면,
이제는 시원하게 비 좀....

작은 연못을 두고 그 뒤에 있는 고택에는, 내 님이 산다네...
마음 가득 그리움을 품은 내 님이 산다네....
신기한 듯 연못을 기웃거리는 동심으로 내 님이 산다네....
아직 못 꺼낸 옛이야기 가득한 고택에는, 누구나 숨어서 한 번쯤은 보았을 나의 님이 서성이고 있다네....

알알이 익어 빠알간 이것은 사랑의 열매이니,
하나하나 소중한 추억을 간직하고 있는 것이니,
아름다운 속삭임으로 너에게 들려 줄 것이 이렇게 많으니,
네 시간을 빌려다오.
내 알알이 사랑의 이야기를 시작할 것이니,
잠시 귀 기울여 내 사랑 여행을 듣게나....

16610 혜윰 정무공

밤사이 모은 영롱한 기운을 당신께 드립니다.
숨죽이며 애써 모은 나의 열정을 당신께 드립니다.
한낮 뜨거운 열기로 숨이 차오를 때, 나의 정기를 당신께 드립니다.
삶의 무게가 당신의 어깨를 짓누를 때,
나의 사랑이 당신의 기쁨이 되도록, 당신께 드립니다....

혜윰 정무공 16611
무엇이든 그것이 소중한 존재가 되는 과정에는,
작은 관심과 애정이 동반된다.
그렇게 관심에서 배려가 묻어 나오고,
애정이 소중함으로
단지 구속이나 집착을 주의하기만 한다면,
서로에게 상승된
아름다운 관계가 이루어지는 듯하다.
하찮은 돌 하나도....
순간
愛

16612 혜윰 정무공

자연의 이치는 참으로 놀라운 것들을 말없이 알려 준다.
마치 좋은 스승을 만나 오묘한 지혜를
깨닫게 해 주는 것 같다.
지켜야 하는 질서대로 자신들의
길을 살피며, 시절을 따라
잎과 열매를 내고,
서로 의지하며
생명의 불꽃을 지켜나간다.
요란스럽지 않게....

혜윰 정무공 16613
흙에다 땀을 흘리면, 참으로 풍성한 열매를 얻을 수 있다.
값으로 비교한다면 굳이 그리 힘들게 일하는 것이 보잘것없는 것처럼
여길 수도 있겠으나, 노력의 대가라는 것은,
흘린 땀방울에 비교되지 않을 귀한 것으로 보답되기에...
오늘도 애써 땀을 흘려 본다....
순간 愛

16614 혜윰 정무공

비가 올 것을 아는 사람은
아직 먹구름이 보이지 않아도
우산을 준비하는 사람이겠죠.
무엇이든 간절히 원하는 것이 있다면,
받을 준비를 하세요.
주려고 해도 받을 준비를 하지 못했다면,
줄 수가 없답니다.
당신이 이미 준비되었다면,
곧 당신은 받을 겁니다.

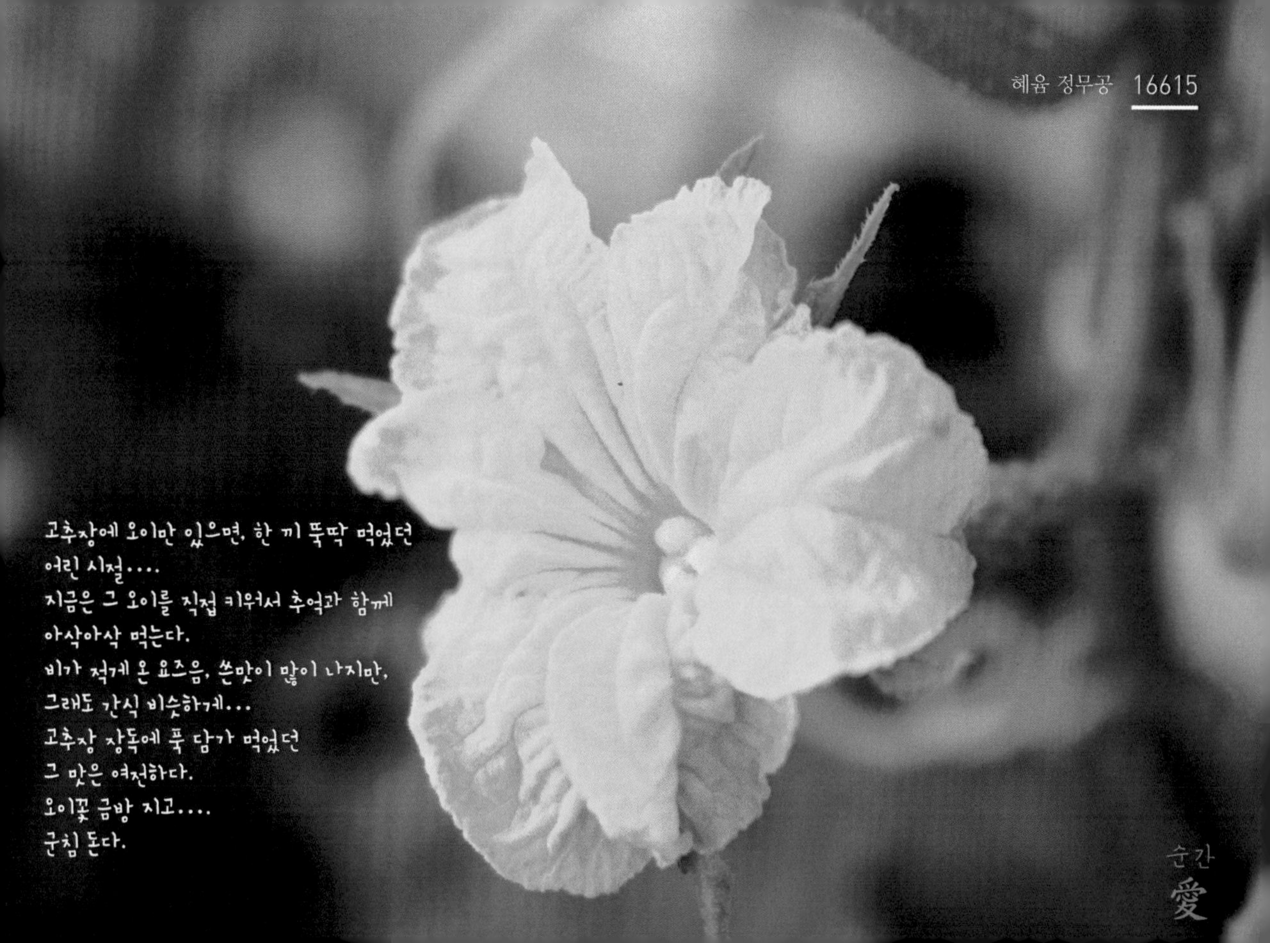

혜윰 정무공 16615

고추장에 오이만 있으면, 한 끼 뚝딱 먹었던
어린 시절....
지금은 그 오이를 직접 키워서 추억과 함께
아삭아삭 먹는다.
비가 적게 온 요즈음, 쓴맛이 많이 나지만,
그래도 간식 비슷하게...
고추장 장독에 푹 담가 먹었던
그 맛은 여전하다.
오이꽃 금방 지고....
군침 돈다.

16616 혜윰 정무공

처음 하늘이 열리던 날에는, 이 세상 어디에도 생명의 흔적이 없었대요.
태양빛이 구름 사이로 그 자태를 선보인 날에는 아무것도 없었대요.
많은 시대가 지나고 이 땅에 생명이 찾아왔을 때, 그 첫 생명은
하늘을 올려다보았대요.
고요하게 광활한 저 하늘을....

정무공 16617
여름방학 숙제로 잔디 씨 한 봉지씩 내야 했던 초딩 시절....
오가던 길에 있던 산소마다 다니며, 잔디 씨를 훑어야 했었지요.
이제는 잔디를 깎아야 할 입장으로, 잔디와 인연을 계속하고 있네요.
잘 정돈하고 나면 친구들과 삼겹살에 쇠주를 한 사발씩 해야겠죠....

16618 혜윰 정무공

오랜 가뭄 끝에 비 님이 오시네.
온 대지의 생명들이 두 팔 벌려 비 님을 환영하네.
비 님 반가워 그간 아쉬웠던 마음을 잊었네.
오시는 비 님은, 이제 생명이 되어 모두를 살찌우네.
어여쁜 꽃이 되고, 열매가 되고, 생명수가 되리니....
나리는 비 님을 꽃님을 맞이하세....

혜윰 정무공 16619

비 온 뒤, 낮게 떠다니던 솜사탕 같던 구름들이 저녁이 되니, 누가 다 먹었는지....
온종일 땀 흘려 일하다 보니 물만 많이 마셨는지 물배가 차서 끼니도 거르고
저녁 노을만 힘 빠진 몸으로 바라보며 겨우 서성이고 있다.
해야 할 일을 했음에도 긴 한숨만 들이킨다....

16620 혜윱 정무공

유난히 꿈결 같은 날이 있네요....
좋아하는 사람을 위해 장을 보며,
무엇이 그를 더 기뻐하게 할지 상상하는 시간들....
그가 오기를 기다리는 시간들....
그리고 그와 함께하는 시간들....
그와 함께할 시간들을 생각하며,
입가에 미소가 번지고...
이런 상황들이 현실일 때....

혜윰 정무공 16621
나그네를 위해 산속에서 열매를 맺은
그대의 배려에 감사를 전합니다.
도시에 나갔다가 과일 파는 것을
이상하게 생각했던 어린 시절....
'왜? 그냥 따먹지 않고....'
모든 것에 주인이 있다는 것이 좀....
슬프기도 하지만,
입안이 달달해요....
그대 덕분에 미소를 짓습니다.
순간 愛

나 그대와 함께
걸었던 그 돌담길을
잊지 못하여 그 길 위에
멈추어 있네요.
그대 그 높다란 돌길에서 빌었던
그 소원 이룰 수 있도록
그 길 위에 서 있다오.
아직 내 날이 남아 있다면
그대와 함께여야 할 그 길에서
노래 부르리오. 나 오직 그대를 사랑하였노라고....

혜윰 정무공 16623
쓸쓸하게 홀로 서야 하는 일은...
당당하게 외로워지는 것은...
쉽지 않을 일이다.
우리가 물려받은 피 속에는
홀로서기가 없는가 보다.
그래서 우리는 옹기종기 모여서
사는가 보다.
때로는 불편하기도,
부딪치기도,
거슬리기도 하지만,
그보다 더 진한
사랑으로....

16624 혜윰 정무공

곱디고운 표정으로 다소곳이 앉아 있는 당신은 누구뇨?
아마도 사랑하는 님을 기다리는 듯한 그대는 누구뇨?
마음 가득한 설렘을 애써 누르고 얌전하게 있는 그녀는 누구뇨?
그 사람 오시는 길을 응시하고 있는
초롱초롱한 눈빛의 저 여인은 과연 누구뇨?

참으로 멋진 날이다. 이 아름다운 날에는 슬픔이나, 괴로움조차 눈 녹듯
사그라질 듯하다. 뭉게구름 사이로 영혼은 자유를 누비고,
등줄기를 타고 흐르는 땀방울은 간간이 불어오는 바람에 오히려 시원해지니,
눈이 맑아지고 몸과 마음이 환호성을 지른다.

16626 혜윰 정무공

가만히 살펴보니 아주 귀여운 리본을 달고 있구나!
노오란 하트 모양의 앙증맞은....
그냥 지나칠 뻔했는데 손짓을 해 줘서
너의 어여쁜 장신구를 본다.
빨리 자랑하고 싶다고 그리 수줍게 반짝이고 있었구나!
아마도 숨은그림찾기처럼 널 발견하지 못할지도....

혜윰 정무공 16627

이리저리 꼬인 것으로
쓸모 있는 무엇인가를
만드는 것을 보니,
세상에 쓸모없는 것은
아무것도 없나 봅니다.
아직 제자리를 찾지
못했을 뿐이지,
반드시 어딘가에는
꼭 필요하기에
존재하겠죠.

그리고 때로는
마음이
복잡해지는 것도
필요한 일인가 봐요.

16628 혜윰 정무공
어린 시절 아버지가 타고 다니신 자전거는
보통 십 년 이상을 타신 후에야
교체가 되곤 했습니다.
빵꾸도 자주 나서 여러 번 때워서 타야 했고,
꼬부랑 언덕길 반쯤은 끌고 가야 했던....
따르릉 소리에 짐칸이 더 궁금하던 그 자전거가
추억 속에서 나와 달리는 듯.

봄날의 따사로운 햇살로는 부족해서
작열하는 여름의 열기에 눈을 뜹니다.
메마른 줄기에서 움터 작은 꽃 속에서 피어나
세상과 마주합니다.
이 생명이 대지에서 나와
다시 대지로 돌아가는 여정 길에
가슴 벅찬 사랑을 하고
열매를 맺어 당신께 드립니다.

16630 혜윰 정무공

큰 나무 밑에 자란 작은 풀들도 소중하게 여기는 사람,
자신이 있던 자리에 함께한 이들에게는 함박웃음을 주는 존재,
세상 모든 사람들이 공감할 수 있는 글을 쓰는 것이 꿈인 소녀가 있답니다.
이제 소녀는 자라 자신의 소망을 이루는 근사한 삶을 만듭니다.

혜윰 정무공 16631
내 노래를 불러 본다. 나만의 노래를 불러 본다.
세상 그 누가 뭐라 해도 나의 노래 소리 높여 불러 본다.
내 삶의 기쁨과 괴로움, 음률에 넣어 힘차게 부르리라.
목소리 갈라지고 헛기침 나오도록, 나의 노래 불러 보리라.
후회 없는 삶의 흔적으로, 신나게 부르리라.
순간
愛

욕심이라곤 찾아볼 수 없는 저 하늘엔, 미치도록 아름다운 회색 물감이 춤을 춘다.
잔잔한 미소를 머금는 듯하다가, 어느 틈에 웅장한 산야를 담는다.
온 우주의 형상을 보여 주기도 하면서, 나에게 속삭인다.
사랑하며, 자유롭게 아름다운 네 인생을 그리라며....

혜윰 정무공 16633
아름다운 환경에서 행복한 삶이기를 원하는가?
그렇다면 거칠고 척박한 환경을 개선하고, 정직한 땀의 수고와,
그것을 지켜나가려는 노력을 게을리하지 말아야 한다.
그림 속의 낙원처럼 부럽게만 생각하지 말고,
스스로의 손으로 주변을 변화시켜 보자.
순간
愛

16634 혜윰 정무공

비가 내려 좋은 날이야....
빗방울 소리가 운치 있는 멋진 날이야....
잘 울지 않는 나는 그래서 비가 오는 걸 좋아하나 봐...
하늘이 함께 울어 주는 그런 순간이어서...
눈물이 빗물하고 섞여 내가 울고 있는 걸 감출 수 있어서 그런가 봐....
여린 내 마음을 숨길 수 있는 비요일....

혜윰 정무공 16635
나의 삶도 너처럼 달달하다.
때때로 쓰디쓴 약도 필요하다지만,
대부분은 달콤함으로 가득하다.
가만 생각해 보니, 하고 싶은 걸 하며
살아서 그런가 봐....
풍족하고 여유롭고 모든 걸 다 갖춘 것이
아님에도 불구하고, 삶이 달달하네....
사랑하며 살아서 그런가 봐....
순간
愛

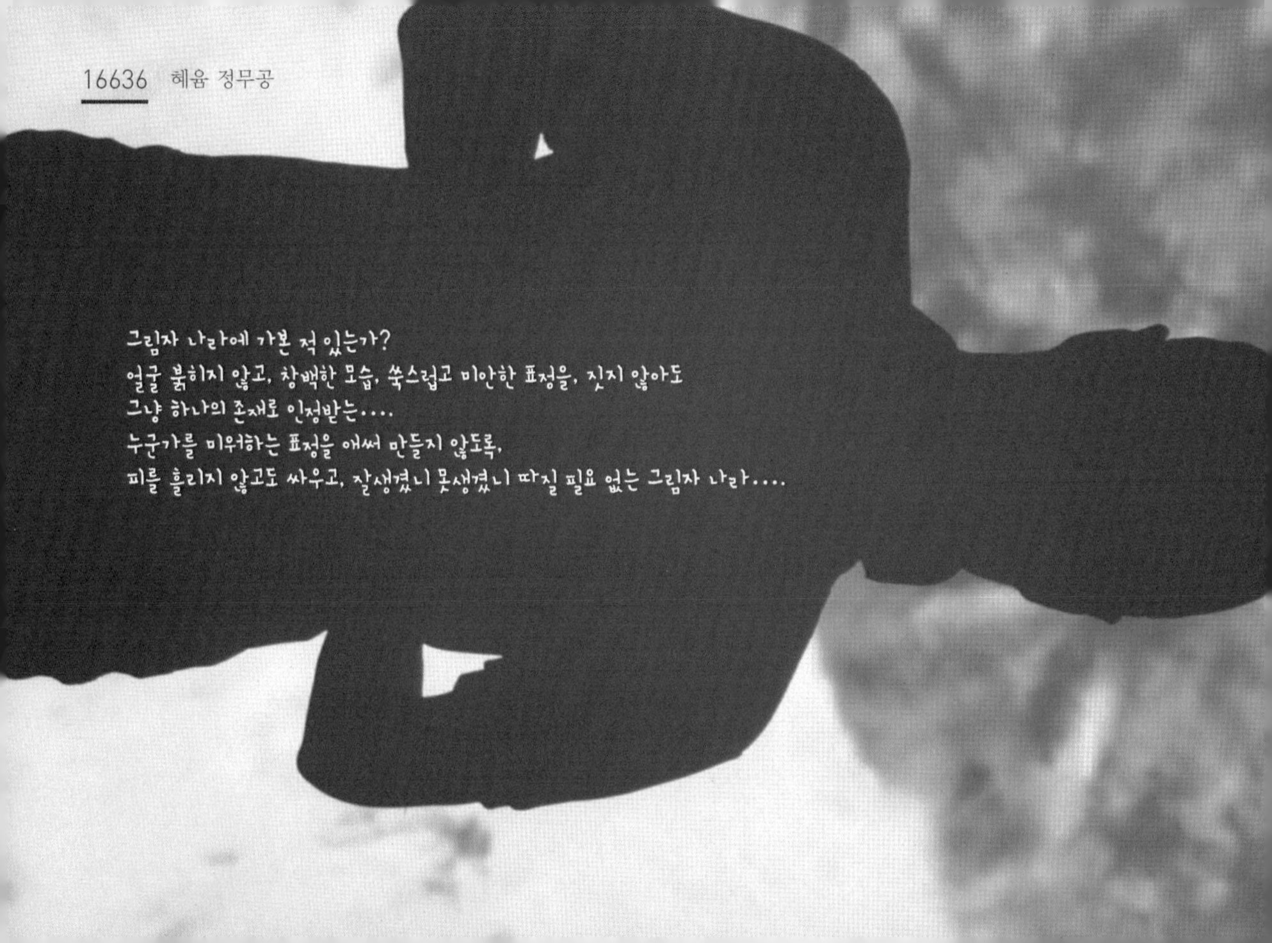

16636 혜윰 정무공

그림자 나라에 가본 적 있는가?
얼굴 붉히지 않고, 창백한 모습, 쑥스럽고 미안한 표정을, 짓지 않아도
그냥 하나의 존재로 인정받는....
누군가를 미워하는 표정을 애써 만들지 않도록,
피를 흘리지 않고도 싸우고, 잘생겼니 못생겼니 따질 필요 없는 그림자 나라....

혜윰 정무공 16637

한 뿌리 한 가지에서 만나
같은 것을 공유하는 듯했지만,
다른 경험치를 간직하는 것은....
내 아이들과 같은 시절을 지나왔지만,
지금 내 아이들은 다른 삶을 살아가는 걸, 보는 것과 같다.
누군가는 걸어온 길을, 누군가는 이제 시작하는 것....
우린 다른 시간을 산다...

16638 혜윤 정무공

계절이 춤을 추며 노래한다. 달콤함을 선물로 주며,
사랑의 마음을 이렇게 표현해 주고 있다.
새색시 붉은 얼굴을 하고 송이송이 수줍게,
이 계절은 사랑을 속삭이고 있다.
그대가 뜨겁게 사랑하며 살기를 바라는 간절함으로
계절은 노래하며 손짓하고 있다.

혜윰 정무공 16639
사랑을 표현하는 하트 모양은
마음이 담겨 있기에
사용하는 사람이나
받는 사람이나
따스한 온기를 느끼게 되는 듯하다.
주위를 둘러보면 온통 하트 모양을 한
자연물들이 가득하다.
자신들의 사랑의 마음도
받아 달라고 속삭이듯이
고개를 내밀고 있다....
순간
愛

16640 혜윰 정무공

숨죽이며 바라본다. 갈길 아직 멀었지만 너의 장엄한 일몰식에
저절로 발길을 멈춘다. 날마다 치르는 행사건만 오늘은 유독 거창하다.
별들에게 정중하게 뒷 시간을 당부하고서도 못내 아쉬워 구름에게까지
달빛을 부탁하는 태양이여! 다시 돌아오시게....

혜윰 정무공 16641
열매를 맺는 이 땅의 모든 것들에게
찬란한 축하를 보내오니...
그대들 충만한 사랑의 마음으로
제 살과 피와 거칠은 굴곡의 풍파
그 모든 것으로 키워 낸 값진 결실들.
이 모두가 쉬이 얻어지는 것이 아님을....
그 하나하나 귀하고 소중함을
그대들도 알아 주기를....
순간
愛

16642 혜윰 정무공

그 마음에 사랑이 있으면 눈에 비치는 모든 것이 아름다울까?
그 마음에 기쁨이 가득하면 어떤 상황에서도 미소 지을까?
그 마음에 평안이 깃들면 지나는 길손에게도 기꺼이 마음을 나눌까?
그 마음에 행복이 충만하면 누구에게나 손 내밀어 친구가 될까?

참 모질지.... 삶이 그래.
가녀린 줄기에 겨우 붙어 생명을 유지하듯
때론 작은 바람에도 흔들거리고 나부끼면서
떨어질 듯 꺼질 듯 불안하기도 해.
그래도 생명줄 놓치지 않으려
안간힘을 써가며 바둥거리지.
화려함으로 가장하기도 하고
애써 미소도 지으며....

16644 혜윰 성무공
집을 짓는다.
내가 살았듯
나의 후손도 살기 위해서.
내가 생존하고
나의 유전자도 번성하기 위해서.
조상이 그래 왔고
나의 후손 또한 그러하겠지.
집을 짓는다는 건
모든 생명에겐
중요한 작업이자 사명 같은 것이다.
우리도 집을 짓고
너희들도 집을 짓는다.

혜윰 정무공 16645
습한 더위가 물꼬를 트고, 개구리 노래하기 시작하는 저녁,
시원하게 비가 내린다. 노래하던 개구리 눈만 숨어 숨바꼭질하던 웅덩이에
슬그머니 뱀도 출정한다.
순간 정적이 흐르고 개구쟁이처럼 재잘거리던 개구리들이 잠수해 버린다.
뭐하다 들킨 듯이....

16646 혜윰 정무공

비가 내리고 나서야 알았네!
너의 근사한 노력을....
안개가 걷히고 나서야 알았네!
너의 작품을....
아침 햇살 눈부신 후에야 알았네!
너의 수고함을....
나도 뒤늦게 알았네!
그의 따스한 마음을....
그가 떠난 빈자리를 보고야 알았네!
얼마나 사랑했는지를....
그가 간 후에야....

혜윰 정무공 16647

가슴 딱 벌어지게 시원한...
답답한 마음 뻥 뚫리는 드넓은...
옹졸하고 시시한 시선을 맑게 하는...
아무리 심각한 사연이라도 그냥 풀어질 듯한
그래, 넌 바다....
바로 우리들의 모든 영혼을 감싸 안을...
포근하고 따스한 바다!
엄마의 마음 같은 어진 바다!
바로 그 바다여!

16648 혜윰 정무공

마음에 사랑이 담기면
그의 모든 것이
찬란하게 빛을 발하는가 보다.
아니, 그 덕분에 다른 모든 것들도
밝게 빛을 발산하는가 보다.
모든 시간이 그에게 집중되고
모든 공간이 그를 나타내고
모든 사물이 그를 통하여 이루어지는 듯하다.
사랑에 붉게 물들다.

혜윰 정무공 16649

언젠가는 기억이 가물가물하겠지요. 그래서 더욱 지금 이 순간이 소중하답니다.
때를 놓치면 후회가 되겠지요. 그래서 우선해야 할 것들이 있답니다.
미루다가 결국 하지 못한 것들이 미련으로 남지 않도록....
더 많이 보고 느끼고 즐기고 누리며 살아야지요.

16650 혜윰 정무공
무궁화 꽃이 피었습니다....
어릴 적 추억도 함께 피었습니다....
골목 담장에 눈을 가린 친구 얼굴도 떠오릅니다.
얼른 뒤돌아 움직임을 찾으려는 눈망울도 되살아납니다.
꼼짝 못하고 얼음이 된 얼굴들이 그립습니다.
그리고...
이제 내 마음에 사랑도 피었습니다....

혜윰 정무공 16651
아주 오랜 기다림....
그 긴 세월의 풍랑 뒤에야
맞을 수 있는 너의 모습....
어린 시절 하늘과 같은 높이에 있던 그 기와지붕.
다소곳이 모습을 드러낸 네 미모....
반가움과 함께 세월 지난 기와가 들려주는 아련함도 동반한다.
가지런히 반짝이던 그 젊은 기와가 피어낸....
순간 愛

16652 혜윰 정무공

아름다운 추억의 노래를 부르고 싶다면 지금 당장 추억거리를 만들자.
대단하지 않아도 좋다.
소소한 일상이라도 조금만 더 마음을 더한다면
길모퉁이 이름 모를 들꽃에게도 근사한 인사를 전할 수 있는
길손이 될 것이다.
누구에게나 소중한 추억은 있다….

'고생 끝에 낙이 온다' 고 누가 그랬던가!
모진 삶 마치고도 이 몸은 만신창이 신세로다!
예쁘게 다듬어져 소중하게 다루어지지도 못하면서 매일 고생이다.
이제는 그만 연기로 화하고 싶다 절규하지만,
누구 하나 듣는 이 없으니....
젊어 너무 화려함이 무색하고나!

16654 혜윰 정무공

자유롭다는 건 제 마음과 뜻대로 모든 일이 이루어질
때만 느끼는 것은 아닐 것이다.
땀 흘려 열심히 일한 후 하늘을 올려다보니
갈매기 한 마리 창공에서 바람을 탄다.
제 몸을 바람에 맡긴 것이 아니라 힘차게 도약하고
열심히 날갯짓을 했기 때문일 것이다.

혜윰 정무공 16655

우리와 함께
이 땅에서 피고 지는
모든 동식물들은 춥고 아린
겨울을 잘 견뎌 내야 봄을 맞으며,
또한 맹렬한 더위를 감내해야
열매를 맺는다.
그리 생각하면
계절을 즐길 줄 아는 것은
잘 성장하는 방법일 테지....
인생의 계절도
한고비, 한고비 넘기는 걸 즐기자.

16656 혜윰 정무공
따스한 햇살에
한숨을 내쉬는 순간
하늘을 올려다보니 하늘보다
먼저 들어오는 장식물....
누군가 사물에 영혼을 불어넣은 듯
그 영혼에 소망을 담은 듯이 보인다.
이미 그 소망은 누군가의 간절함을
이루었을지도 모른다고 생각하니,
한숨이 미소로 번진다.

혜윰 정무공 16657
무엇이 그리 수줍었을까?
돌 틈에 숨어 눈치만 살피는 것이....
시집간 새색시 첫날을 맞은 것 같으니,
볼에 홍조 가득하고 가슴 두근거림이
네 발걸음에도 나타나니...
앞으로 바로 걷지도 못하여 옆으로 살금살금....
어디에 눈을 두어야 하는지 몰라 감아버린 두 눈....
순간
愛

16658

이열치열이라 했던가! 복중에 말복을 남겨 두고 더위가 맹위를 떨치는 요즘이다. -숯불의 열기만큼 뜨거운-
겨울 찬바람이 불 때, 이 숯불을 만나면 얼마나 따스했을까?
시절이 좋아 아무리 더워도 긴 팔을 챙겨야 할 만큼 시원하게 지내는 우리는 미래인이다.

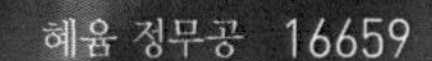

날마다 행복할 일들이
계속해서 생긴다.
매일 소풍 나온 어린애마냥
신나고 즐겁다.
불행할 일이 없어 행복하고
무슨 일 만나든지 무엇을 하든지
마법에 걸린 듯 만족스럽고 감사하다.
이 세상에 공짜는 없다고 말하지만
덤은 있는 듯하다.
내 행복이 그렇다.

16660 혜윰 정무공

요즘 가장 바쁜 게 너로구나!
쉴 사이 없이 계속해서 풀 가동 중이로구나....
너는 누가 시원하게 해준다니.
기온이 높아 잠시 쉬라고
할 수도 없어 미안하네....
네 덕분에 칭얼대던 아가 코 잔단다.
네 덕분에 간지럽게 흘러내리던
구슬땀 날린단다.
쉼 없는 네 덕분에.

함께하지 못하는 것의
아쉬움과 서글픔....
애써 외면해 보려
혹은 참아 보려 하지만...
더 그리워지는 것을....
안절부절못하는 마음
무엇을 해도
그와 함께하는 것이 아닌 것에는
집중이 안 된다는 것을....
집착이지....
욕심이지....
설마 '사랑'
사랑이라....
이렇게 시작된다고....

한여름 밤, 다정한 이웃과 함께 막걸리잔을 주고받으며,
정겹게 웃음을 나누었을 주막에는 인자한 웃음으로 손객을 맞으시고
넉넉한 인심에 구수한 손맛이 일품인 주모가 반길 듯하다.
오가는 입담에 더위를 날려 버릴 한바탕 웃음꽃이 골목길에 퍼진다.
소주
동동주
막걸리
논골주막
두부김치
양푼이물회
곰치국
해물파전
동태탕
명태포
16662 혜윰 정무공

혜윰 정무공 16663

삶의 모습이 다양하기에
다 이해할 수는 없지만
나와 관계를 맺고 사는 삶의 형상들은
애정 어린 관심을 가지게 되는 것이 당연하다.
정이 아닌 형태의 관계도 있지만
서로의 삶에 끼어들기도
또는 지대한 영향을 주고받으며
그렇게 섞여가며 산다, 너처럼....

16664 혜윰 정무공

내가 너라면 그 많은 꽃들에게 반가이 인사하는 행운을 누릴 테야요.
온 세상 모든 꽃과 사랑의 밀어를 나눌 테야요.
내가 너라면 사랑의 우편을 구석구석 배달하는 행복을 만끽할 테야요.
내가 너라면 길가 외로이 홀로 피어난 조그만 들꽃도 사랑할 테야요.

달님을 너무 사모하여 그 지고지순의 사랑이
낮에는 모습조차 보여 주지 않고
달님께만 민낯을 보이는 너의 순정이
온 대지 위에 가득하구나.
달님도 오직 너의 사랑만을 자랑하는 듯하여
지천을 노랗게 물들이고 있구나!
노오란 사랑을.
합창이 들리는 듯.

16666 혜윰 정무공

함께 사는 세상
서로에게 아름다운 영향을 주고받으면,
부모 형제 다르고 사는 모습 다르더라도
관계를 맺고
서로 비교하지 않으며
다름의 차이를 인정하고 감싸 주며
이해하고 사랑하며
즐겁고 행복하게
그렇게 살 수 있을 것이다.
서로 둥글게 닮아 가며....

몸을 깨끗하게 씻을 때,
마음도 점검할 것.
거울을 보며 머리를 정돈할 때,
머릿속도 정리할 것.
단정한 복장으로 옷을 입을 때,
옷의 생산 과정에 참여한 많은
사람들에게 감사할 것.
신발을 신고 문을 나설 때,
오늘도 움직여 해야 할 것이 있음을
축복으로 여길 것.

16668 혜윰 정무공
태극기 휘날리며 천지가 진동할 함성으로 광복의 기쁨을 누렸을 70년 전
이제는 보도를 통해 또는 마을 이장님의 스피커를 통해
태극기를 게양하자는 독려의 소리로나 알아차린다.
지금의 우리는 무엇을 기억하고 또 무엇을 해야 하는가!
휴일로 보내며....

살아가는 동안
만나게 되는 많은 사연들 속에는
저마다의 이유가 있다.
그중에 나를 행복하게 하는 것은 다름 아닌
사랑에 관한 이야기다.
대단하고 거창하지는 않더라도
소소한 미소와 간절함, 애틋함이 묻어나는
일상의 사건들이 바로 행복을 노래한다.

16670 혜윰 정무공
'그냥'이라고 하지만, 좋아서 하는 모든 행위에는
따분함이라든지 괴롭고 힘들다라는 것을 느끼지 못하는 매력이 있다.
상냥하고 맑은 목소리로 '그냥'이라고 말하지만,
거기엔 에너지 넘침과 열정이 녹아있는 듯하다.
영롱하게 반짝거리지만 자랑치 않는....

관심을 받는다는 건, 기쁨이요 즐거움이다.
더구나 그 관심에 애정이 가득하다면 더욱 행복할 일이다.
그 관심에 관심이 생긴다면 말이다.
관심은 없는데 관심을 받으면, 그건 불쾌한 상태가 될 테지만....
때로 관심은 드라마를 연출하며 사랑의 열매를 맺는다.
순간
愛

16672 혜윰 정무공

낯선 사람들의 미소를 볼 수 있는 곳으로 왔다.
지구 마을 중 또 하나의 마을 사람들과 인사를 나누며 반가움을 나누겠지.
밝음이 늦도록 이어지는 북반구의 도심에서 맞는 여름의 끝자락.
설렘과 기대로 잠을 이루기가 어려울 듯한 몽환의 밤 자락에 서다.

혜윰 정무공 16673
'저 푸른 초원 위에 그림 같은 집을 짓는다'는 건
그야말로 여기를 두고 하는 말이 아닌가 싶다.
좋은 사람들과 함께하는 행복한 동행 길에 추억을 만든다.
이 드넓은 초원 위에는 어떤 걱정, 근심도 없을 듯하다.
유유히 떠 가는 구름과 노닥거리며....
시간을 멈춘다.

16674 혜윰 정무공
아름다운 사람들과 그림 같은 동산에서 생동하는 것!
인생이 이토록 근사함을 어떻게 감사하지 않겠는가!
작은 들꽃 하나부터 그 어느 것 하나, 마음에 가시가 되는 것이 없다.
보라, 그대들이여!
오늘의 감탄과 감사를 잊지 말지니.
어디에서건 반갑게 맞으리.

사랑의 밀어가 하늘로 올라가서 반짝이는 별무리가 되었구나....
그리움으로 서글픈 눈물도 하늘로 올라가 별빛이 되었구나....
꿈쟁이들의 소망도 하늘로 올라가 은하수가 되었구나....
풀피리 불던 어린 시절, 하늘로 올라간 친구 녀석은 불꽃놀이를 하는구나....

16676 혜윰 정무공

계절의 경계가 어설픈 요즈음 만난 코스모스는
낯선 이국에서도 반가운 눈웃음을 짓고 있다.
한들거리며 춤을 추는 여유 있는 모습은
분주한 발걸음을 멈추기에 충분하다.
곱게 단장한 입술로 길손을 부르고는 이내 말이 없다.
자기는 부른 적 없다는 듯....

혜윰 정무공 16677
계절이 바뀌고 세월이 흐르는 동안에 많은 것들이 변해 간다.
내 마음과 생각들도...
변치 않을 것 같았던 이념과 정신마저도....
세상은 말한다. 변치 않는 게 없다는 사실만 변함없다고....
그래, 너도 변하고 나도 변한다.
다만 때를 잘 만나 변하면, 너도 좋고 나도 좋다.

16678 혜윰 정무공

품속에 간직한 소중한 것을
내어 주는 것....
그것은 사랑일지니....
지금 나의 시간과
공간과 모든 것을
함께 하고픈 심정을
말하는 것이요....
기뻐하는 것이요....
행복을 노래하는 것이요....
모든 감각이
그대에게 집중하고
있음을 표현함이니....
그대 내 마음을 받으소서....

혜윰 정무공 16679

발걸음이 잡혔다.
꿈결 같은 몽환의 구름....
빠져나갈 틈을 주지 않는다.
묘한 색체에 흠뻑 취한다.
황홀하다는 말로도 부족하다.
표현하기에는 역부족이다.
그저 바라볼 뿐....
말없이 바라볼 뿐....
반한다는 것이 이런 느낌일까?
저 물결 속에 사로잡혀
꼼짝을 못한다.

16680 혜윰 정무공

함께하는 것만으로도
행복하다 말하는 사람이 있습니다.
무엇으로든 그가 원하는 것을 위해
자신의 모든 것을 내어 주는 것이
기쁨인 사람이랍니다.
시간 속에 정성을 담고
마음에 사랑을 가득 채워
흔적이라도 남겨
순간을 기억하려
애쓰는 사람입니다.

신부만큼은 아니겠지만 이 작은 꽃다발에는
사랑스러움이 가득 담겨 있네요.
앞날의 행복을 기원하며, 둘이 만나
전부가 되는 소중한 자리에 함께하는 막중한 임무....
식을 마치면 잘 말려져 백일을 맞는 날
불꽃으로 피어오를 희생을 감수한대요, 아름답게....

순간
愛

16682 혜윰 정무공
누구를 기다리고 있는 건지....
외롭게 앉아
두리번거리는 널
나도 올려다보고 있다.
그냥 가 버린 사람
따라갈 수 없어
애처로운 맘으로 널 바라본다.
날개 있어 내 님께로
날아갈 수 있으면 좋으련만
날개 있어 날아갈 너도
알 수 없는 이유가 있기에
거기 있는지....

여름 끝자락의 햇살에 반짝이는
작은 꽃송이가 탐스럽다.
내 여름....
사랑으로 물들어 고운 빛 발하고 있으니
네가 부러울 리 없지만
너의 사랑 이야기도 듣고 싶다.
내 사랑 깊어져 환희로 가득한 순간들
네 고운 자태로도 감당키 어렵지만
너의 사랑 들려주렴....

16684 혜윤 정무공

함께 걷는 동행이 있다는 건....
힘이 들더라도 끝까지 갈 수 있는 것.
서로 배려하며 나눌 수 있는 것.
말동무 있어 덜 외로운 것.
웃음으로 번지는 미소의 기회가 많은 것.
서로에게 힘주는 것.
겁낼 것 없이 도전할 용기가 생기는 것.
무엇보다 협력의 힘을 발휘하는 것.

혜윰 정무공 16685
이래도 좋아라, 저래도 좋아라.
날 가지고 거리를 깨끗하게 하고
골목을 정갈하게 하고
마당을 치우고 대문 앞길을 청소하고
아이들 장난감이 되어도 좋아라.
마귀할멈 비행기가 되어도 좋아라.
사나운 짐승 달려들어 물려도 좋아라.
난 최고의 긍정 빗자루....
순간
愛

16686 혜윰 정무공

내 님 오시는 날에 꽃비가 날려요
내 님 가시는 날에도 꽃비가 날려요
기쁨 가득한 날에
행복한 날에
그리운 날에
보고픈 날에
마음속에도 가녀린 꽃 비 근사하게 날려요
방울방울 순간순간의 추억을 담아
온 세상에 날려요
누군가는 알겠죠...
기억해 줄 테죠...

혜윰 정무공 16687

바람에 흔들리고 햇살을 견디고 비에 흠뻑 젖기도 하면서 자신의 길을 간다
벌레에게 살을 내어 주고 짐승에게 밟히기도 하지만 묵묵히 자신의 길을 간다
참고 인내하는 것이 아니라 오히려 모든 것을 즐긴다
후회가 없는 삶이기를 바란다면 뭐든 즐기자

순간
愛

16688 혜윰 정무공

개구쟁이 어린 시절 온 동네 구석구석 돌아다니던 나름의 놀이터가 있었다.
풀숲 우거진 곳은 나만의 숨바꼭질 터, 뒷산 아름드리나무는 타잔 놀이하는 곳,
골목 담장의 구멍 난 곳은 삽살이와 달리기하는 출발점....
겨우 구석에 자라난 네 녀석은 풀 쌈 도구지....

함성 소리와 함께 높이 날아오를 것이다.
너 하나에 사십여 개의 발이 뛰어다닌다.
덩그러니 누운 건지 선건 지도 모를 너를
이리저리 차고 다니겠지....
그라운드를 누비는 게 사람인지 공인지
운동화에 차인 흔적들....
영광의 환호성과 훈장쯤으로 여기려무나....

16690 혜윰 정무공

잠자리 낮게 나는 걸 보니 날이 흐렸네.
금방 빗방울 만들 것 같은 구름 속에서
술 취한 발걸음이 보인다.
어그적거리며 걷는 뿌연 발걸음
흐릿한 시야 저 뒤편에는 나의 쉴 곳이 있으련가....
정신은 멀쩡하다만
세상이 돈다.
하늘도 돌고 잠자리도 계속 돌고 있다.

혜윰 정무공 16691
가을 형제가 나란히 앉아 세월을 논한다.
누가 먼저랄 것 없이 함께 노랑물 들이고는
지나온 파란 시절의 이야기 주고받는다.
그래도 우린 곱게 늙은 편이지....
앞 가지 시퍼런 애는 지난 저녁에
바람과 싸우더니 거리로 떨어져
흙바람 먼지 속에 누워 있다는데....
순간
愛

16692 혜윰 정무공
거리에 물들어 가듯 가을이 스며들고 있다.
이번 가을에는 풍요로운 마음으로 가득하기를 바라 본다.
따스한 사랑이 가득하고
행복의 미소가 넘치며
소박한 감사로 이웃과 지내며
정성으로 만든 음식을 나누며
넉넉한 웃음으로 서로를 바라보는 가을로....

혜윰 정무공 16693

없는 것 빼고 다 갖추고 있다.
못 먹는 것 빼고 다 맛있게 먹는다.
모르는 거 빼고 다 안다.
슬픈 기억 없어 아름답다.
불행하지 않아 행복하다.
화낼 일 없어 즐겁다.
할 수 없는 일 빼고 다 할 수 있다.
오늘이 가면 내일이 올 것이고,
아직 저승을 모르기에 이생을 즐긴다.

16694 혜윰 정무공

소통이 원활하지 못해
오해를 풀지 못하는 경우가 있다.
차츰 서로를 불신하게 되고
점점 더 회복하기 어려운 상태로 이어지게 된다.
접근하는 것이 두려워지기도 한다.
이럴 때 용기가 필요하다.
오해로 꼬인 실타래를 풀기 위해서
접근하여 말을 붙일 용기....

혜윰 정무공 16695

재촉하지 않았는데...
급하다 소리치지 않았는데...
옷을 갈아입을 채비를 하는구나.
가을이 오면 만나야 하는 풍경에 벅차오르는 가슴은 어찌 다독일고....
하늘 참 예쁘다. 쪽빛 바다를 닮아 누군가는 가슴이 저며들 것인데....
손 뻗으면 가을에 젖을 것 같은 날이다.

16696 혜윰 정무공

바람을 즐긴다.
내 몸 내어 줄게. 맘껏 불어 주렴.
바람의 놀이터에 신바람이 더해진다.
무엇이든 잘 즐기는 삶에는
요동치는 생기와 활력이 넘친다.
주변으로 좋은 영향을 소리 없이 전하며,
처진 어깨에 힘이 솟아나게 하는 마력도 부린다.
웃자, 세상을 즐기자.

혜윰 정무공 16697
생의 끝에서 다시 재와 연기로
세상에 스며들고 있다.
연기의 진통을 넘기는 순간
파릇했던 지난날들이 스쳤지만,
뜨거움의 언덕을 넘을 때는 초연했으리라.
이제 희뿌연 재로 남아 땅으로 돌아간다.
그리고 다시 생명이 되리니
순환의 과정으로 성숙한다.
순환
愛

16698 혜윰 정무공
여기저기 윙윙거리며 풀깎기가 한창입니다.
낫질하던 어린 시절보다는 예취기가 있어 편하게 작업을 한다지만,
가을바람에도 흐르는 땀은 여전합니다.
이왕이면 보기 좋으라고 작업을 했답니다.
즐겁게 일하느라 힘든 줄 모르는 걸 보면
참 즐겁게 살죠.

혜윰 정무공 16699

아직 오지 않았지만
온다는 걸 기대하고 믿는다는 희망이 있다는 건
가슴 벅찬 일이다.
다가올 것에 대한 기대가 그렇고, 맞이할 준비를 하는 것이
기쁨이고 즐거움이다.
그렇게 의미를 두고 살면 매 순간 아름다운 삶이지 싶다.
나에게 다가올 내일을 위하여....

愛

별빛을 닮은 꽃송이들을 보며, 우주의 광활함을 생각합니다.
지구별 우주선에 몸을 싣고 여행을 하는 우리 모두는
정해지지 않은 곳으로 늘 움직이고 있다죠.
마음이 훨씬 넓어지는 것 같아요.
우주를 누빈다고 생각하니 말이죠.
동행하는 별 닮은 꽃들 안녕.

혜윰 정무공 16701

지구 마을에서 생활한 지 일만육천칠백일일 맞은 아침.
발붙여 살아가는 이곳의 계절은 파란 가을 하늘을 노래하고....
온 산야가 색색 꽃으로 풍성하다.
지난날의 모든 순간들이 아름다웠음에
행복한 미소로 감사한 마음 가득하다. 참으로 복 많은 인생이다.

16702 혜윰 정무공

조명이 켜지고 무대 위에 오르기 전,
깊은 심호흡을 하고 긴장한 상태로 무대로 들어서려면,
꼭 화장실이 급해진다.
몸속 구조가 오묘하여 긴장을 풀라는 신호인 듯하다.
무엇이든 발표를 위해 준비하는 사람들은
끝없이 연습하고 훈련해야 한다.
우리 삶도....

혜윰 정무공 16703
할 수 있다는 자신감은 좋다.
잘하는 것도 좋다.
최선을 다하는 것도 좋다.
그렇다고 뭐든 다 한다면 분명 지쳐 쓰러진다.
적절한 속도 조절이 필요하다.
집중해서 앞뒤 보지 않고 달리는 것만큼 쉬어 가는 것도 중요하다.
느긋하게 가끔은 멍하니, 휴식을 취하자.
순간
愛

16704 혜윰 정무공

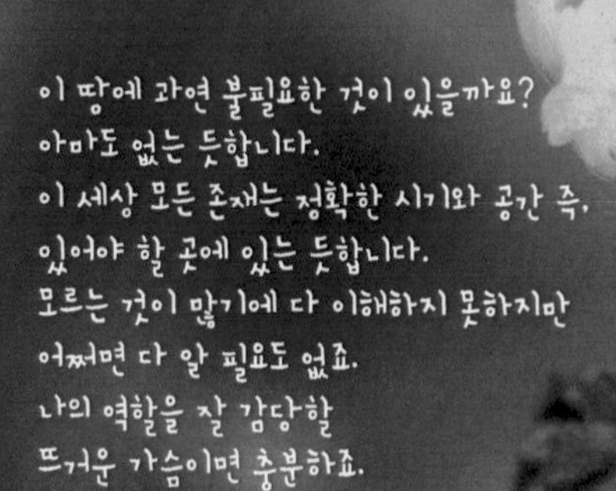

이 땅에 과연 불필요한 것이 있을까요?
아마도 없는 듯합니다.
이 세상 모든 존재는 정확한 시기와 공간 즉,
있어야 할 곳에 있는 듯합니다.
모르는 것이 많기에 다 이해하지 못하지만
어쩌면 다 알 필요도 없죠.
나의 역할을 잘 감당할
뜨거운 가슴이면 충분하죠.

혜윰 정무공 16705
돌고 돌아서 다시 만나는 인연....
그래서 사랑 아니고는 주지도 받지도 말아야 하는 존재입니다.
서늘한 마음으로 다시 만나는 것을 감당할 수 없기에....
증오하는 눈빛으로는 대면할 수 없기에....
우리 모든 존재는 오직 사랑으로만 가득 채워야 할 그릇들입니다.
순간
愛

16706 혜윤 정무공

자연이 잘 먹이고 키워 낸
먹음직스러워진 열매로 풍성해지는 계절....
난 무엇으로 풍성해졌는지 돌아본다.
그저 감사하고 고마워해야 할 것들로
가득한 내 삶은
풍성함이 아니라 작아진다.
좀 더 베풀고
좀 더 나누어야 함에도 불구하고
아직도 욕심이 많다.

해울 정무공 16707
놀이처럼 즐거운 인생을
만들어 가고 있는 나만의 비밀이 있다면,
그건 바로 '자족'이랍니다.
더불어 '즐김'.
맨몸으로 세상에 나와 가진 것 참 많습니다.
주변엔 늘 고맙고 감사한 사람들뿐이고,
하고 싶은 것들 이루어 가면서
근사하게 살아갑니다.
정말 멋지죠.
순간
愛

16708 혜윰 정무공

세상에는 인류의 숫자만큼이나
다양한 삶의 이야기들이 있겠죠.
이 모든 이야기를 다 아는
신 같은 존재가 있다면....
생각만으로도 머리가
복잡해집니다.
다행스럽게도 우린 겨우
주변의 몇몇 사람들의
이야기만 잘 들어 주면 되니,
정말로 다행한 일입니다.

가을이 익어 갑니다. 시골집 마당에는 고추잠자리 노닐고, 코스모스 노래 장단에 황금 들판은 춤을 춥니다.
벼 이삭 고개 숙이고, 밤과 대추가 가을 옷으로 갈아입을 즈음입니다.
들깨를 베러 나가신 아버님에게 새참 드시라고 부르는 며느리가 반갑습니다.

16710 혜윰 정무공
거름 없이 심은 고구마는, 여름 내내 줄기를 따다가
나물에 김치로 잘 먹고, 이제 본색을 드러냅니다.
흙의 기운을 가득 담은 것이 보기에도 좋네요.
생각하면 세상 모든 것들이 자신의 역할에
참 충실합니다.
오직 자신의 역할에 정직하게...
우리도 그래야겠죠.

달 달 무슨 달. 쟁반같이 둥근 달.
언젠가는 간절하게 무엇인가를 소망하며 바라볼 날이 오겠지요.
지금 나는 더 바랄 것 없이 행복하다는 고백 말고는 개인적인 소망이 없네요.
다만 희망이 사라지지 않기를.
소망하는 사람들의 소원이 반쯤은 이루어지기를....

16712 혜윰 정무공
꽃과 나비의 관계처럼 본능에 충실한 친구들....
자연의 순리대로 살아가는 모습이 아름답다.
억지를 부리지도...
욕심에 사로잡혀 삶을 망치지도 않는다.
본능에 충실하다는 것이...
넘침도 부족함도 적절히 조절하면서
절묘한 균형을 이룬다.
욕심과는 다르다.

혜윰 정무공 16713

세월을 거스를 수 없다는 것 때문에 현재에 충실해야 함을 어제를 아쉬워하지 않기 위해서 오늘 웃으며 지내야 함을
다가올 내일을 기대하며 땀 흘리는 것이 기뻐야 함을 지나간 시절을 돌아보니 그렇다.
삶을 대하는 태도에 따라서 인생의 희비가 갈린다.

16714 혜윰 정무공

온 가족 사이좋게 그네 타는
빨랫줄에는
안전하게 가족을 지켜 주는
집게가 있어요.
바람이 장난을 쳐도
꿈적 않는 충실한 친구랍니다.
별 좋은 날에는
늘 소풍을 나오는 가족들이
있어 행복한 집게는
오늘의 일과를 마친
친구들과 나란히 앉아
편히 쉽니다.

참 오랜만에 비 님이 방문하셨네요.
반가운 마음에 온몸으로 비 님을 환영합니다.
지난 명절 전 일에 지하수 모터가 고장 나서
연휴 내내 물 없는 불편함을
감수하며 지내고 난 뒤라
더 없이 비님이 반갑습니다.
물 없이 살 수 없는 존재라서
더 그러한가 봅니다.

16716 혜윰 정무공
잇몸을 드러내고 활짝 웃는 사람들의
마음에는 세탁기 한 대 들어 있듯이
마음에 묵은 때와 찌꺼기를
깨끗하게 제거할 듯하다.
이른 아침부터 환하게 미소 지으며
이웃을 대하는 사람들도
마음을 세탁하는 사람.
더구나 남의 마음도
깨끗하게 세탁해 준다.

높고 푸른 하늘을 향해 후회 없을 만큼 전력질주를 합니다.
호흡보다 먼저, 몸보다 먼저, 마음은 이미 결승점으로 달려갑니다.
응원 소리가 멀어지고 마음을 따라 주지 않는 발걸음을
재촉해 보지만, 살찐 나이처럼 무거운 속도는 세월을 거스르지 못합니다.

16718 혜윰 정무공
자연의 시간대로 사는 것이
좋을 것이라고 생각은 하지만
문명은 자연을 거스른다.
전깃불로 태양보다 환한 밤을 만든다.
스미는 어둠을 비웃기라도 하듯
하나둘씩 불을 밝히기는 하지만
그렇다고 태양을 대신할 수는 없겠지....
세월을 잡을 수 없는 것처럼....

혜윰 정무공 16719
더없이 맑은 하늘을 봅니다.
구름 한 점 없이 푸르른 저 공간에
아름다운 사랑 한 아름 만들고 싶어집니다.
제법 쓸쓸한 바람은 나뭇가지 사이를 오가며
나뭇잎에 색칠을 합니다.
나뭇잎 떨어지는 의자에 앉아
그림을 그리는 시인이 되어 보면 좋을 것 같습니다.

16720 혜윰 정무공

하늘은 높고 말은 살찐다는 계절이라지만, 제가 말이 된 것처럼 살을 찌우고 있네요.
먹고 또 먹는데도 자꾸 먹을 것을 찾아다니네요.
마치 하늘거리는 억새처럼 많이 움직여서일까요?
불러오는 배를 진정시키려 나온 길가에서 또다시 허기가 느껴집니다.

정무공 16721
인생을 계절로 분류하면, 나는 어느 계절을 살고 있을까?
뽀얀 새싹은 지나온 것 같고,
불타는 젊음의 여름 그 끝자락쯤일까?
아니면 자식들 커 가는 거 보면서 의식주 걱정 없이 사는 거 보면,
가을쯤이려나....
아직 겨울은 부정하고 싶은 걸 보면 가을이 길 듯하다.
순간
愛

16722 혜윰 정무공

아무리 화려하고 매혹적인 향기를 품었을지라도
세월의 흐름을 막지는 못하나니....
나와 너도 그러하리라.
그러나 후회는 없으니.
함께 나눈 소중한 추억과 함께
얻은 것이 더 많았음을 기억하리니....
슬퍼할 일은 없구나.
살아온 날들의 지혜와 사랑이 있으니....

환호성 소리 어디에서 들리나요. 힘찬 박수 소리 어디에서 들리나요.
모두가 하나되어 발맞추고 뛰는 곳. 축제의 현장입니다.
뜨거운 열정으로 어깨동무를 하고 한목소리로 노래를 부르는 곳에서
일상을 잠시 접어 두고 흥겨운 잔치로 별 밤에 취해 봅니다.

16/24 해음 장무공

시간을 멈춘 듯 느리게...
한없이 느리게 온몸을 사로잡았네요.
마음을 빼앗겨 버려 움직일 수 없는
멍한 몸만 남은 듯합니다.
하늘과 대지를 모두 품은 호수 속에는
내 마음도 훔쳐 간 사랑하는 님의
맑은 눈동자가 웅크리고 있습니다.
잔잔한 듯하나 강렬하게....

각기 다른 사람들이
그럼에도 함께 어울려 사는 것은
비슷한 듯 다 다르고
다르지만 비슷하기에 어울림이 어색하지 않은 것 같다.
냉정하게 계산적이고 이해득실을 따지는
각박한 세상이라지만
실은 동질의 비슷한
따스함도 겸비한 듯하다.
그 누구라도.
순간
愛

마음은 어디에 있는 걸까?
정신은… 이성은… 욕심은… 식욕은… 본능은?
무수한 질문에 속 시원한 대답은 어디에 있을까?
삶이 오늘 끝난다면 이러한 질문에 답은 할 수 있을까?
보기보다 단단한 모과 속에 상큼한 향이 있음은 어떻게 설명할까?
나는 정말 아는 게 없다.

하나, 둘, 셋, 넷, 다섯, 여섯....
저 별은 내 별.
이 별은 네 별.
밤이슬 맞도록 도란거리던 까아만 밤.
별빛처럼 눈동자 반짝이던 순간.
깊어 가는 어둠만큼이나 금세 지나가는 시간은 안타깝고
복잡스런 생각만큼이나 많은 별빛을 바라봅니다.
아, 내가 사랑을 하는구나!

16728 혜윰 정무공

하늘을 담아 놓은 호수 위에
어여쁜 배 한 척 날아왔어요.
고운 자태가 밉지 않아서
구름 위를 노니는 것에
환영받는 낙엽 배는
물과 구름 사이를 오가며,
자신의 이야기를 전합니다.
이른 봄, 움트던
솜털 갈던 시절의 부드러움과
바람이 전해 준 이야기를....

혜윰 정무공 16729
달구지 가는 속도로
느리게 가고 싶어지는 거리....
바스락거리는 낙엽 길 마음에 담을 수 있도록
천천히...
맛있는 사과 아껴먹듯...
사랑하는 사람 보고 또 보듯...
더 멋진 가을 길 만났고 또 만나겠지만
그래도 참 좋다.
아름다운 사람과
함께여서 더 그럴지도 모르지....

16730 혜윰 정무공

어여쁜 모자를 쓰고 가을 소풍 나왔어요.
메마른 무더위와 찬 서리 견딘 후에 나온 나들이라서 더 반가운 세상입니다.
활짝 웃는 모습도 곧 보실 거예요.
아직은 수줍어 진한 향기로 조심스레 숨을 쉽니다.
낯선 세상에서 외롭지 않도록 자주 보러 와 주실 거죠….

혜윰 징부공 16731
분주한 일상에서 가끔은 아무런 생각 없이 쉼의 행복을 누리세요.
삶에 휴식이 없다면 브레이크 없는 자동차와 같이 위험하답니다.
일상에 쉼이 없다면 우린 정말 악몽 같은 나날일 수밖에 없을 거예요.
여유로운 휴식은 모두에게 꼭 필요한 영양제랍니다.

16732 혜윰 정무공

내 마음에 색칠을 한다면 무슨 색이 어울릴까?
꽃들은 고민 없이 저마다 타고난 자신의 색을 뽐내지만,
내 마음의 옷은? 내 마음의 색은?
아마도 내가 정해서 칠해야 할 듯하다.
여름엔 연두색으로 칠하고
겨울에는 온화한 주황색, 봄과 가을엔 연보라... 내 맘대로.

혜윰 정무공 16733
영원한 것이 없다는 것을 알고 있다면
마음에 욕심으로 채웠던 것들을 하나둘 비워내야 한다.
결국 낙엽 따라 떠나갈 것을 알고 있다면
자연의 질서를 따르는 것이 현명하리라.
자연의 기다림에서 배우면
슬픔이나 기쁨보다는 경이로움의 환희를 맛본다.
순간
愛

16734 혜윰 정무공

맑고 고운 음률로 인생을 노래합니다.
행복하고 아름다운 날들의 가락으로 삶을 만듭니다.
근사하고 멋진 모습으로 순간순간 땀을 흘리며 흥겨운 춤사위를 선보입니다.
이토록 사랑 가득한 모습으로 여행을 하는 나그네를 반겨 주는 세상에 감사합니다.

해움 정무공 16735
이 세상에
반드시, 꼭, 틀림없이, 분명하게, 명확하게
해야 하는 것이 있어야 할까요?
그냥 바램으로도 이 세상과 우주는
지금까지 잘해 온 것 같습니다.
누군가는 시들어 가는 중이고
또 다른 누군가는 새로 움트듯이....
그런대로 참 좋습니다. 다만 내 욕심일 뿐.
순간
愛

16736 혜윰 정무공

나를 사랑해 주는 누군가가 있다는 것은
참으로 힘이 솟고 행복한 일.
그렇다면
나도 누군가를 사랑해야 하는 것은
당연한 일.
서로에게 우산이 되어 주기도 하지만,
함께 비바람을 기꺼이 맞아 주는
소중한 존재가 된다는 것은,
무엇보다 중요한 인생의 기쁨....

감탄할 만큼 아름답고
멋진 세상을 살아갑니다.
특별히 무탈한 삶을
누리고 있는 것은 행운입니다.
감당치 못할
큰 시련을 견뎌 내지도,
마음에 아픈 상처를
담지 않았음에도,
심쿵한 사건을
마주하지도 않으며...
평온한 인생을 노래합니다.
정말 행복합니다.

16738 혜윰 정무공

오랜만에 태양 님을 똑바로 봅니다.
감히 쳐다보지 못하는
신성의 높은 곳에 계시는 태양 님!
덕분에 밝은 세상에서 온 우주와 자연이
생동하며 살아가고 있음을.
감사하는 마음으로
구름 님 덕분에 두 눈 뜨고 바라봅니다.
당신의 은혜를 어찌 다 갚으오리까.

혜윰 정무공 16739
질투가 날 만큼 평온하게 낮잠을 즐기고 있는 냥이들.
서로 의지하고 편히 쉬는 녀석들. 세상이 어찌 돌아가고 있는지는 아예 관심 없다는 듯, 달콤한 꿈속 여행을 하고 있겠죠.
방 한 칸에 이불 한 장, 온 식구들이 옹기종기 끌어안고 잠자던 시절이 생각나네요.
순간
愛

언제가를 위해 미리 준비를 해야 하나 봅니다....
아직 누릴 것 많다고 생각할지 모르지만,
정말 모르는 건...
나에게도 겨울이 온다는 것,
언제 올지 모른다는 것,
그러나 반드시 온다는 것.
그러니...
늘 준비 정도는 하고 있어야겠지요.
오라고 하면 그냥 따라가야 하니....

혜윰 정무공 16741

적절하게 내린 가을비 뒤에
싸늘한 바람이 불어 옷깃을 여미게 하는 해질녁 언덕에는
추억이 피어오릅니다.
붉게 달아오른 수줍은 미소 같은 구름 끝자락에는
달콤한 사랑의 향기가 묻어납니다.
그냥 좋아서
마냥 좋아서
오늘도 살아 있음을 감사합니다.

16742 혜윰 정무공

달무리 보여 준 달님이 예뻐서 뽀뽀라도 해 주고 싶네요.
겨우 잠깐 보여 주고는 금방 도망치듯 사라져 버린
장난꾸러기 구름들....
하늘 저 멀리 은하수 건너편에서 달님을 바라보는
나를 발견하는 누군가 있다면 그이도 나를 예쁘게
보아 주기를 바래봅니다....

혜윰 정무공 16743

제철을 맞이한다는 게
꽃들에게는 어떤 의미일까?
사람에게도 저마다의
제철이 있을 것인데.
과연 언제가 화사하게 피어나
향기를 발하는지 깨닫기는 할까?
아님 지나고 난 후에
그때가 참 전성기였지. 라고 회상할까....
아마도 나에겐 지금이 제철이지 싶다.

16744 혜윰 정무공

좋고 싫고
어둡고 밝고
흐리고 맑고
즐겁고 슬프고
난 비교적 별다른
구분과 비교 없이
산다고 생각했는데
행복하다고 말하는 것이
바로 그런 구분이었다
물론 불행이라 말할 것이
없는 게 사실이긴 하지만
긍정적이라는 게
결국 부정이 아니라는 말이니

혜윰 정무공 16745

찬바람의 한기를 잊게 해 줄
따스한 차 한 잔 생각나는 계절....
온화하게 구수한 보리차 향은
마음까지 스며듭니다.
그리고 마음 따스한
사람들과의 만남을 통해
즐거운 입김을 내뿜는
근사한 시간들....
모락모락 행복이
퍼져 나갑니다.
보글거리는
차 향과 함께....

순간
愛

열정 가득한 하루를 마감하는 저녁.... 스스로에게 모두에게 감사한 마음을 담아, 편히 쉴 수 있는 밤을 선물로 받습니다.
거울을 보며 오늘도 행복했음을, 감사한 하루였음을, 사랑을 나누는 근사한 날이었음을 노래합니다. 오늘보다 꿈 같을 내일을 기다리며....

혜윰 정무공 16747
나의 사랑은 늘 푸르다.
나의 행복도 늘 푸르다.
미소 짓는 환한 얼굴 가득
푸르름으로 노래한다.
모두가 탈색하는 계절이라지만
단벌로도 근사하게 나를 사랑해 주는
이가 있어 지루함을 모른다.
질투 없이 욕심 없이
사랑이 가득한 눈망울로
나를 바라보는.
愛

16748 혜윰 정무공

바람이 지날 때마다 낙엽이 노래합니다.
이제 이 가을을 남기고
떠나야 할 것과 떠나 보낼 것들을 잘 챙겨서
겨울을 준비해야죠.
그래야지요.
놓아야 할 것도 잡아야 할 것도
모두 사랑이었음에...
바람에게 눈물을 맡깁니다.
줄다리기하는 계절의 중간쯤에서....

정무공 16749
뿌연 안개 덕분에
더 선명하게 보이는
내 주변의 것들,
보다 멀리 있는
무언가를 향해 나아가고 있지만
가까이 있는 존재도 잘 챙겨야 함을
잊지 말라고
당부하듯 스며든다.
보이지만 안 보이며
잡을 수도 잡히지도 않는
작은 물방울들의
거대함에 빠져든다.
순간
愛

16750 혜윤 정무공

희망을 품고 바람에 의지하여
세상으로 날아가 어느덧 자리를 잡고,
다시 희망의 꽃씨를 날립니다.
소망하는 것을 이루기도
잊어버리기도 하였지만
끝내 포기할 수 없는 생명의 힘은
앞으로도 계속 이어지겠지요.
바람보다 더 큰
꿈틀거림의 절실함으로....

혜윰 정무공 16751

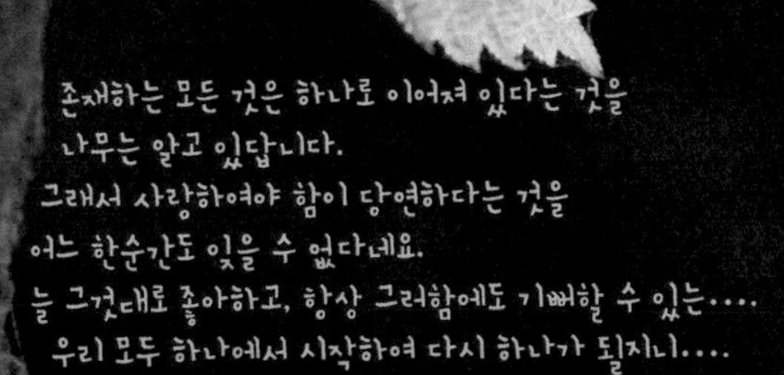

순간 愛

16752 혜윰 정무공

가을비 추적거리는 창가에서 빗소리에 취해
추억을 더듬어 봅니다. 지나온 시절들이
방울방울 맺혀 돌아오네요. 내 어린 시절과
우리 아이들 어린 시절이 묘하게 엉키기도
하고 학창시절 좋아하던 소녀의 미소까지....
행복하고 아름다웠던 가을비 고마워....

혜윰 성무공 16753
연이어 반가운 비가 가을을 적시고
모처럼 소파와 한 몸이 된 여유로움을 즐긴다.
할 일이 없는 건 아니지만,
잠시 뒤로 미뤄 두고....
못내 아쉽게 떨어지는 이파리들을 멍하니 바라본다.
나도 함께 떨어진 낙엽 따라서
어디로라도 떠나야 하는 건 아닌지 궁상 떨며....
순간
愛

16754
정무풍
아직 눈이 맑아서 널 맘껏 볼 수 있다는 것만으로도 감사하구나!
내가 그림을 그린다 해도 이 색채를 따라가지 못할 것이고
눈에 담지 못해 마음까지 스미는 사랑과도 같을지니....
곧 앙상한 가지를 드러낼 것을 알지만
이미 뜨거워진 마음을 떨치기 어렵구나!

꾸밈없는 모습이 아름다운 것을....
인위적으로도 결국 자연의 것을 흉내 낼 것을....
그냥 두고 봐도 될 것을, 꼭 옮기고 자르고 베어 내어, 뭔가를 하려 한다.
그냥 숲에 살면 될 일을.... 자연을 벗어나서는 살 수 없다는 것을 알기에 그러겠지만....
생긴 대로 살면 그만인 걸....

16756 혜윤
낙엽 떨어지는 가을 의자에 앉아 달콤한 이야기로 데이트하고 싶은 날이네요.
누구라도 붙잡고 차 한 잔에 소소한 이야기를 나누며 웃고 싶지 않나요....
마음까지 단풍이 들어 곱게 물들 것 같은 날입니다.
예쁜 낙엽 한 장 주워 책 사이에 끼워 놓아야겠습니다....

해윰 정무웅 16757
언제 이렇게 떨어져 대지에 이불을 깔았는지....
겨울을 준비하듯이 포근하게 겹겹이 쌓아놓은 낙엽 이불은 무엇의 사랑이련가....
햇살 좋은 멋진 날, 가을을 거닐며 바람과 노래한다.
마음은 가벼워지고 하늘로 둥둥 떠다니다가 낙엽을 따라서 대지에 눕는다.
순간
愛

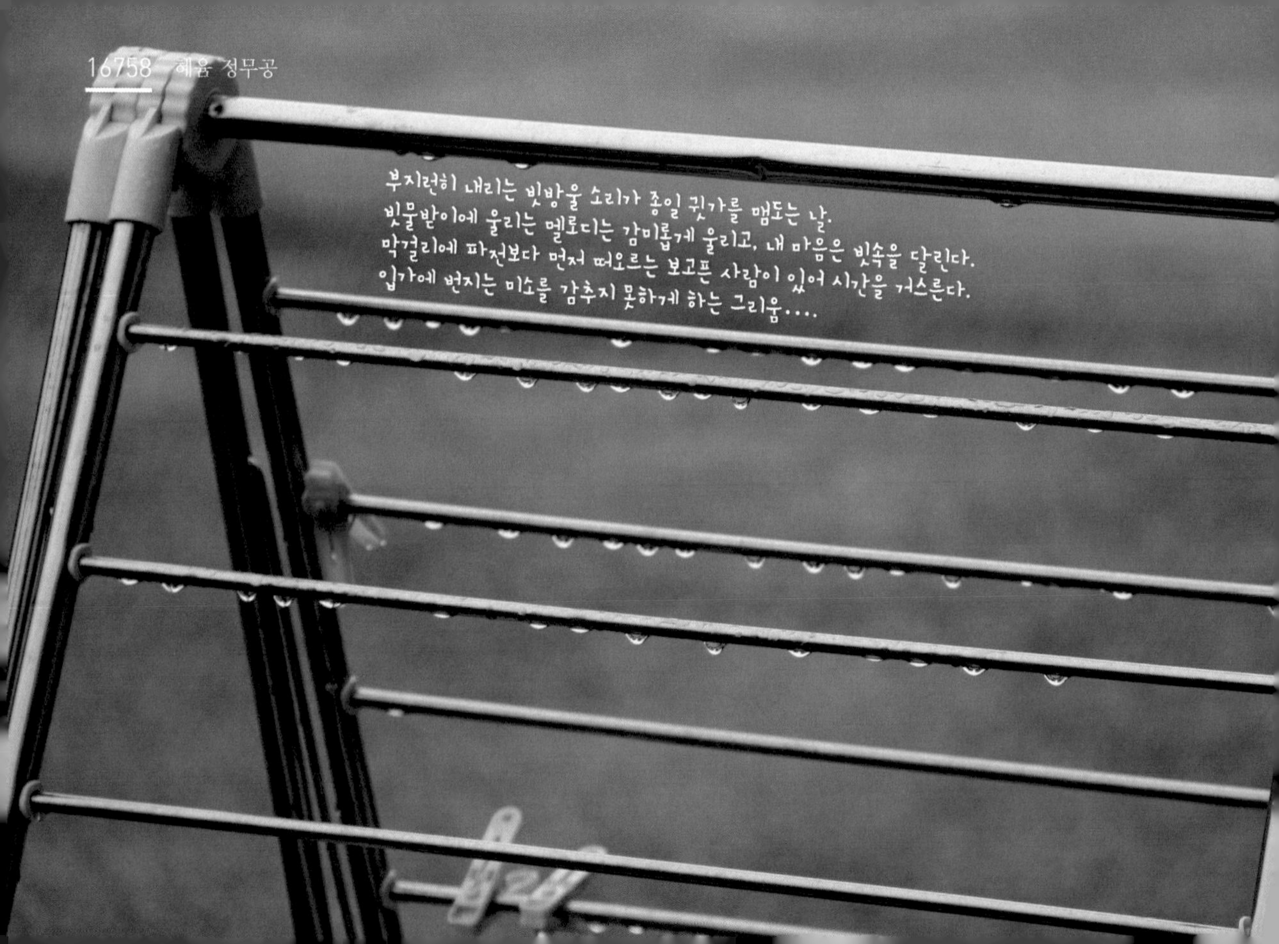
16758 혜윰 정무공
부지런히 내리는 빗방울 소리가 종일 귓가를 맴도는 날.
빗물받이에 울리는 멜로디는 감미롭게 울리고, 내 마음은 빗속을 달린다.
막걸리에 파전보다 먼저 떠오르는 보고픈 사람이 있어 시간을 거스른다.
입가에 번지는 미소를 감추지 못하게 하는 그리움....

누군가 그랬다고 하더라....
삶은 문제를 내고 답을 푸는 과정이 아니라,
시간이 문제와 답을 어떻게 푸나 구경하는 것이라고,
물론 동의한다.
자연의 시간은 때로 너무 느린 것 같지만,
모든 문제를 해결한다.
우리의 조급함을 버리면 더 많은 걸 구경할 수 있겠지....

16760 혜윰 정무공
목련 꽃은 지고 꽃만큼이나 많은 잎도 져 가는 계절이다.
안개가 뽀이얀 아침에 만난 태양은, 몇 잎 남지 않은 목련과 인사를 한다.
어쩌면 내일은 나무에 달려 인사하지 못할 수도 있다.
그럼에도 서글픈 노래를 부르는 대신, 사랑과 감사를 전하는 듯 느껴진다.

익숙한 삶이 마음에 들지 않더라도 그것을 바꾸지 않는 것은
미지의 것에 대한 두려움이 더 크기 때문….
가끔은 용기가 필요한 이유이다.
죽음을 각오한 용기가 아니더라도 변화를 가져올 수는 있다.
하지만 분명한 건, 절박하지 않으면 결코 움직이기 힘들다.

16762 혜윰 정무공

아주 사소한 것에 감정이 담겨 있고
웃기도 울기도 하는 것이 삶의 많은 부분을 차지한다는 건...
어찌 보면 우리 삶이 그리 대단하지도 위대하지도
않은 것이라는 걸 반영하는 듯 보인다.
하지만 그 소소한 일상에
사랑과 전쟁이 수반되고 하나의 일생이 된다.

혜윰 정무공 16763
탈색하는 계절을 바라보며...
내 마음도 변해야 할 것들을 생각해 본다.
욕심이라는 녀석도 근사하게 탈색해
이제는 더 많은 것을 나누고,
배려하는 삶이 길....
교만이라는 친구도 겸손이라는 벗과
더 친해지기를....
혼자 행복하지 말고,
이웃과 더불어 행복해지길....
순간 愛

16764 혜윰 정무공
가벼운 마음으로 떠나는 여행길....
마음에 담아올 이국의 풍광에 이미 들떠 있다.
지금의 이러한 기분으로
저 세상에 가는 길도 쉬이 떠날 수 있기를 바라 본다.
선물같이 주어진 여행길에서 마주할 시간들에
미리 찬사를 보낸다.
행복한 공이의 만족한 여행길....

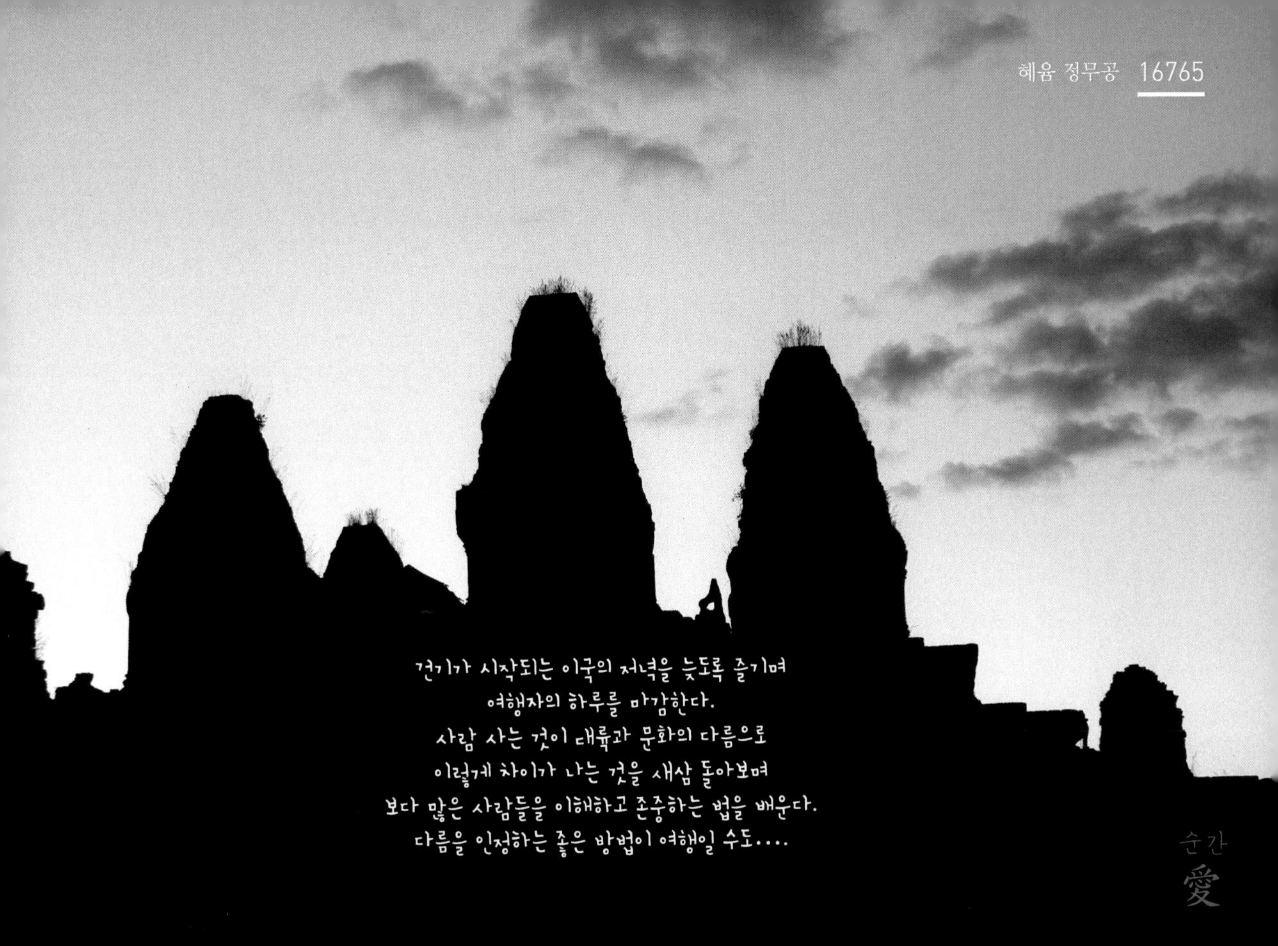
혜윰 정무공 16765
건기가 시작되는 이국의 저녁을 늦도록 즐기며
여행자의 하루를 마감한다.
사람 사는 것이 대륙과 문화의 다름으로
이렇게 차이가 나는 것을 새삼 돌아보며
보다 많은 사람들을 이해하고 존중하는 법을 배운다.
다름을 인정하는 좋은 방법이 여행일 수도....
순간
愛

영원할 것이라고 믿고 싶은 것도
영원하지는 않는 듯하다.
자연의 시간은
우리의 인내로는
상상하기 어려운 방향으로 흘러간다.
오래전 번성했던 민족들의 자취를 뒤로 하고
영원의 약속 갈던 금기가 깨지고
인간의 욕심이 가득했던 돌무더기만 남았네...

혜윰 정무공 16767
호수 위에서 살아가는 사람들이 있는 곳,
일생을 물 위에서 살다 보니 육지 위로 올라가면
울렁거린다는 사람들....
나도 한 시절은 살아 보고 싶다는 생각이 든다.
시간을 거슬러 불편함을 감수할 수 있는 곳....
여행이 주는 매력일지도.
인류의 삶은 정말 다양하다....

16768 혜윰 정무공
전설 속에 등장하는 비슈누로 인해 생겨났다는
육 억 명의 물의 요정 압살라가 가득했던 곳....
천 년 전 뜨거운 태양 아래 인도차이나를 호령하던 대제국.
이제는 최빈국에서 다시 도약하려는 젊은 나라.
여정을 마치고 발길을 돌리며 압살라의 미소를 훔친다.

따스한 곳에 다녀온 뒤라 찬바람에 콧물이 나온다.
털모자 쓰고 버티고 있지만, 이 참에 감기랑 놀아야 할지도....
며칠 못 본 사이에 옷 벗어 앙상하게 가지만 남은 나무들....
덕분에 낙엽 모아 구수한 연기를 한껏 들이킬 준비를 해야겠다.
바스락 모은 가을의 향기.
혜윰 정무공 16769

16770 혜윰 정무공

잔뜩 움츠러든 가을의 끝자락....
아쉬운 듯 비가 내리고
찬 바람 불어오면
비는 눈꽃으로 변신하겠죠.
겨울이 없어서 당도가 떨어지거나
아예 없는 과육이 있던 지방에서는
볼 수 없는 진풍경을
당연한 듯 곧 대면하겠죠....
물론 대가를 치르고 만나는 것이지만....

혜윰 정무공 16771
눈 모닝의 아침....
어제 내리던 비가 북쪽 바람과 연인이 되어
눈꽃 보석으로 피어났네요. '포드득' 소리 즐거워
한참 발걸음을 놓아 봅니다. 동심으로 돌아가 버린 어른의 발자국이
마냥 신나 보입니다. 하얀 세상을 만들어 놓은 눈의 여신은 흐뭇해 하고 있겠죠.
순간
愛

16772 혜윰 정무공

꼬물꼬물 하늘 구름을 떠나 지상의 연인 만나러 옵니다. 온몸에 사랑 가득 담고서 어여쁜 님 만나러 옵니다.
살며시 내려와 사랑의 눈물방울 됩니다. 포근하게 대지를 감싸고는 다 괜찮다고 다독여 주는 하늘 손길 같기도 합니다.
나는 입김으로 화답합니다.

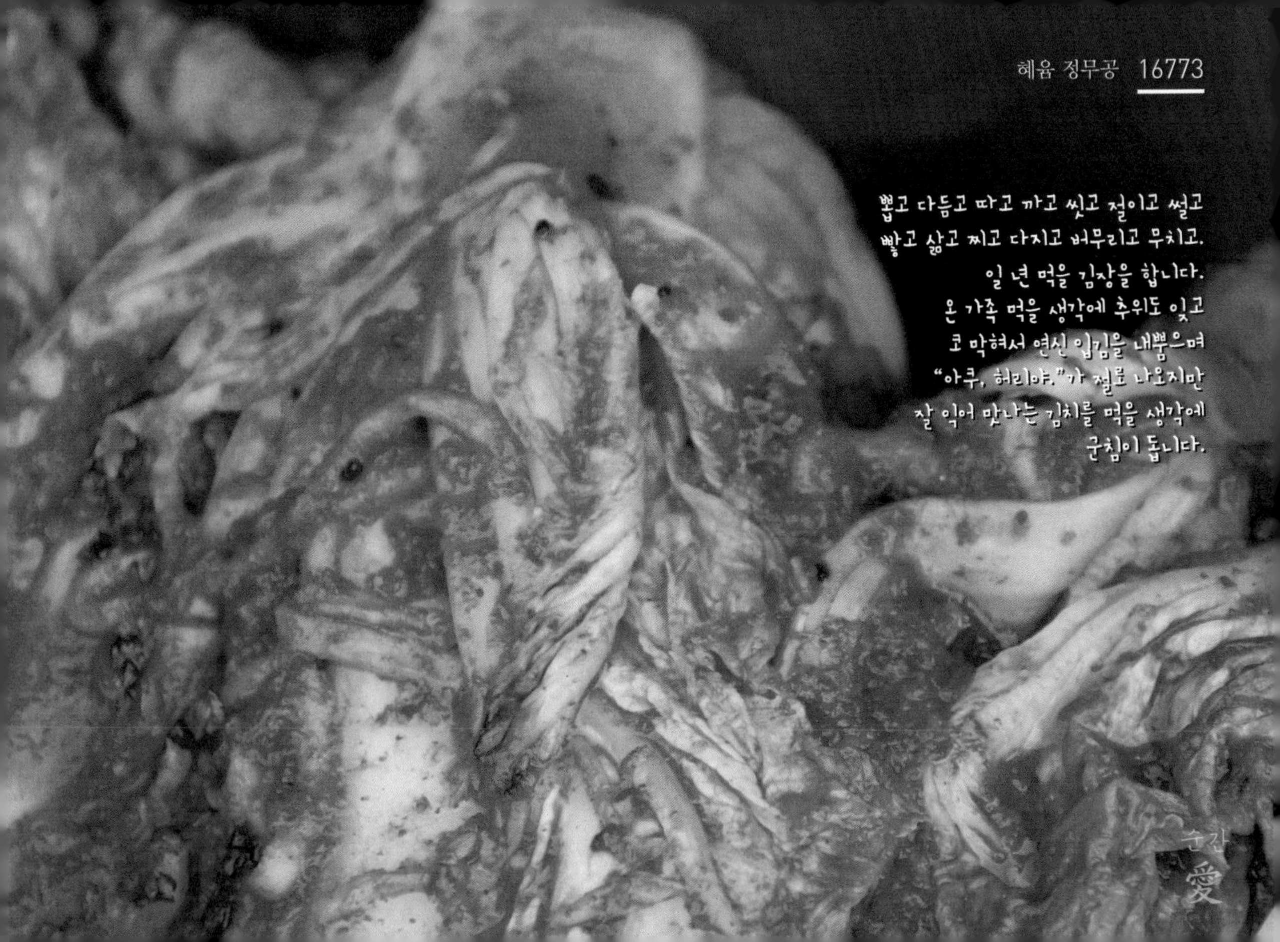
혜윰 정무공 16773
뽑고 다듬고 따고 까고 씻고 절이고 썰고
빻고 삶고 찌고 다지고 버무리고 무치고.
일 년 먹을 김장을 합니다.
온 가족 먹을 생각에 추위도 잊고
코 막혀서 연신 입김을 내뿜으며
“아쿠, 허리야.”가 절로 나오지만
잘 익어 맛나는 김치를 먹을 생각에
군침이 돕니다.
순간
愛

16774 혜윰 정무공

이제는 겨울비라 불러야겠죠. 비요일을 좋아하는 소년은 자라 중년이 되었지만...
사계절 내내 이름 바뀌어 불리는 비를 아직도 반기고 있네요.
사랑하나 봐요, 자유롭게 세상 여행하는 구름을....
빗소리에 귀 기울이고 있노라면 근사한 구름의 노래가 들려요.

혜윰 정무공 16775

처마 끝 고드름이 다이어트를 합니다.
신기한 듯 지켜보던 고양이와 함께
올려다봅니다.
막 달을 남겨 놓은 나도
무엇인가 다이어트를 해야 할 듯합니다.
슬며시 살찐 욕심과
느린 듯 쌓인 게으름...
미루어 놓은 일들과
잊힌 약속들이 조금은 가벼워지도록....

16776 혜윤 정무공

내 안에는 어떤 가시가 있을까?
남을 아프게 하고 상처를 주며
고통을 안겨 주는....
어쩌면 인지하지 못한 가시가
있을지도 모른다.
말 한마디에서...
슬쩍 흘긴 눈에서...
서운함 담긴 웃음 속에서...
누군가에게 가시 같은 미소였다면...
세월 갈수록 무뎌졌으면 좋겠다.

서둘러 어둠이 찾아오는 계절에는
긴 구름에 가려 뒷모습만 겨우 보여준 별이라도 반갑다.
뜨거운 여름날 도망 다니던 때가 그리울 만큼...
한 치의 오차 없는 시간과 거리를 둔 덕에
계절의 풍성함을 만끽하는 우리는
간혹 그 오묘함에 반하는 투정을 부린다.

16778 혜윰 정무공

구름 넘어 하늘에 잔치가 벌어졌나 봐요....
폭죽 소리 요란하고, 바람과 함께 눈꽃 날려 주시고
짠, 하고 해님 반겨 주셨다가
심심할 틈 없이 온갖 재주를 보이네요.
올라가서 함께 축하라도 해야 하나 봅니다.
퇴근 걱정일랑 잊어버리고
하얀 운동장에서 놀아요.

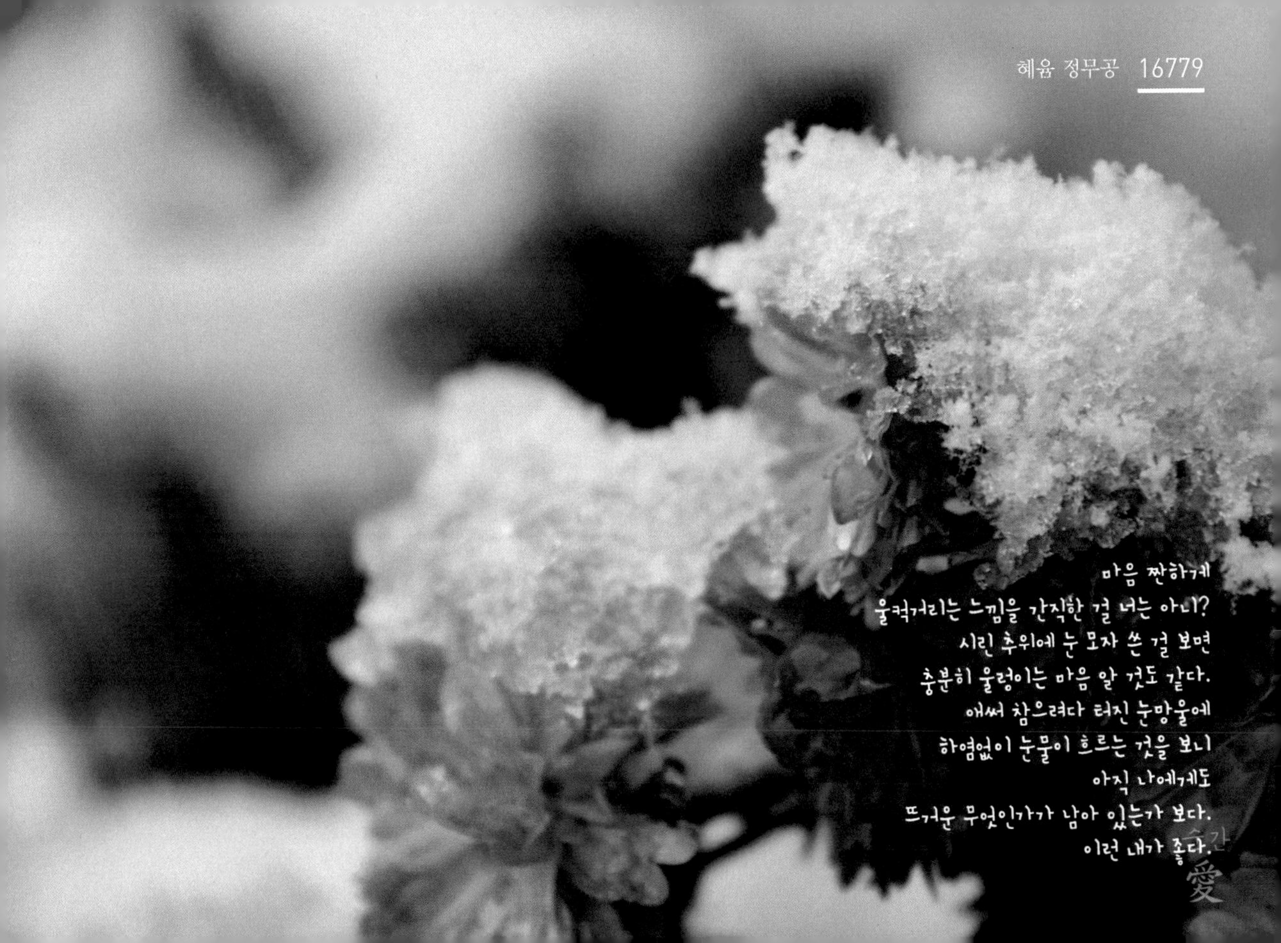

혜윰 정무공 16779

마음 짠하게
울컥거리는 느낌을 간직한 걸 너는 아니?
시린 추위에 눈 모자 쓴 걸 보면
충분히 울렁이는 마음 알 것도 같다.
애써 참으려다 터진 눈망울에
하염없이 눈물이 흐르는 것을 보니
아직 나에게도
뜨거운 무엇인가가 남아 있는가 보다.
이런 내가 좋다.

16780 혜윰 정무공
흔들거리는 구름을 따라 여기 있다가 어딘가로 또 움직거릴 나는
알몸으로 당당하게 계절을 버티고 서 있는 이웃들 사이에
온몸을 꽁꽁 감싸고 있다.
입고 있는 옷의 부피에 반비례하듯 추워 보이는 파란 하늘 아래에는
상반된 두 그림자가 나란히 서 있다....

멋진 마무리와
더불어 새로운 각오를
다듬는 계절에는
분주하게 움직일 일들이 많다.
아쉬움 남지 않도록 살펴보며
마침표를 찍어야 함과 맞물려
버리고 줄여야 할 것들과
이제 힘차게 시작해야 할
무엇인가를 찾아야 하는 시간들....
한 장 남은 달력과 함께....

16782 혜윰 정무공

힘차게 비상하는 사람들의 모습에서
배울 수 있는 건 절대로 후진하지 않는다는 점이다.
아니, 후진이란 걸 모르는 것처럼
당당하게 오직 목표를 향해서 전진만 한다는 것이다.
세상이 거꾸로 돌지 않는 것과 같이....
시간이 반대로 가지 못하는 것처럼 말이다....

혜윰 정무공 16783
세찬 바람 맞아야 제맛이 나는 열매를 보면,
모진 세파를 이겨낸 사람들의 그것과 같은
값진 인생들이 생각난다.
삶이 빛나는 것이
쉽게 얻어지는 것은 아님을....
빛나는 삶만이 훌륭한 인생은 아니지만,
욕심을 버릴 수 없다면
땀 흘려 수고함을 기뻐할지어다....
순간
愛

16784 혜윰 정무공

늦지 않은 퇴근 무렵....
벌써 해넘이가 시작된다. 도심에는 시즌을 맞아 화려함을 자랑하는 반짝거리기가 한창일 즈음이지만,
촌 동네에선 오롯이 노을에 집중할 수 있어서 좋다.
일과를 마감하고 커피 한 잔 마시며 사로잡힌 시선이지만 싫지 않은 장면이다.

혜윰 정무공 16785
자연은 늘 그것대로의 멋을 풍긴다.
우리도 그와 다름없이
세월의 흔적만큼의
멋스러움을 누리면 되지 않을까?
굳이 무엇인가로 치장하지 않고
주름이 지면 진 대로
머리가 희어지고
눈이 흐려지고
검버섯이 생기고
기억 속 추억이 희미해져 가고
그래도....
순간
愛

16786 혜윰 정무공

먹먹한 마음에 한 줄기 빛을 발견한 것처럼
왠지 좋은 일이 생길 것만 같은 날입니다.
어느 곳이라도 달려가 환호하고 싶어집니다.
어제도 근사했지만
오늘은 더 멋진 일이 기다리고 있을 듯합니다.
꿀맛 같은 땀을 흘려서일까요.
온 세상이 다 아름답습니다.

혜윰 정무공 16787
내게 사랑은... 멀리까지는 보지 못하는 안개 같은 것.
내게 사랑은... 장대비를 맞으며 함께 걷는 것.
내게 사랑은... 비밀 한 개쯤 간직하고 있는 것.
내게 사랑은... 끊임없이 변하는 구름 같은 것.
내게 사랑은... 그보다 그를 사랑하는 나를 더 어여삐 보는 것.
나에게 사랑은.
순간
愛

16788 혜윰 정무공

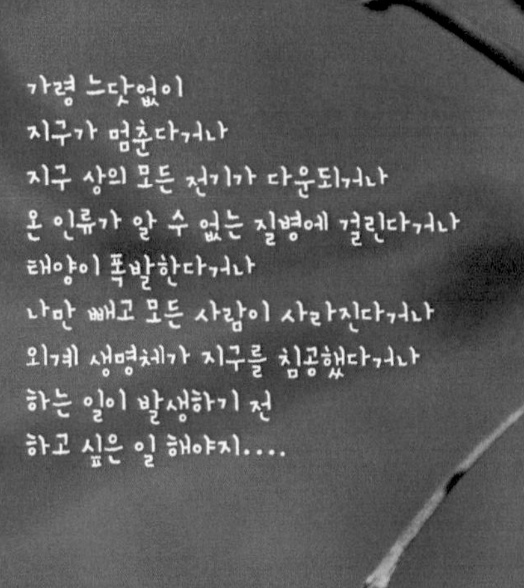

가령 느닷없이
지구가 멈춘다거나
지구 상의 모든 전기가 다운되거나
온 인류가 알 수 없는 질병에 걸린다거나
태양이 폭발한다거나
나만 빼고 모든 사람이 사라진다거나
외계 생명체가 지구를 침공했다거나
하는 일이 발생하기 전
하고 싶은 일 해야지....

혜윰 정무공 16789

마음이 썩 편치 않은 날이지만
그나마 비가 내려서 좋다.
토닥거리는 빗소리 들으니 차분해진다.
개구쟁이같이 마당 한 편에 스며든 빗물은
그 속에 앙상해진 감나무를 보여 주며
꼭대기에 올라 보라고 한다.
이렇게 보니 꼭대기에 오르기가 참 쉬워 뵌다.

16790 혜윰 정무공
아주 멋지다거나 예쁜 모습은 아니지만
속만은 진한 향으로 포근함을 선물하는 진국인 사람들이 있다.
무뚝뚝한 표정으로 감정을 드러내지는 않지만
따스한 마음을 품고 있는 사람들도 있다.
그러니 보이는 것으로만 속단하지 말지니.
모과 향 킁킁대며....

감사해요, 아름다운 지구에서 살 수 있음을....
감사해요, 외롭지 않도록 전 인류가 있음을....
감사해요, 사랑하는 사람들이 있음을....
감사해요, 자유롭게 호흡할 수 있음을....
감사해요, 생명의 땅에서 값진 열매를 얻을 수 있음을....
감사해요, 땀 흘려 일할 일터가 있음을....

16792 혜윰 정무공

눈부시게 밝은 내 님을 마주한다.
째려보지도 못하고 바로 고개를 떨군다.
아직은 영하의 깨끗한 아침....
그나마 바람이 늦잠을 자는지 조용하다.
덕분에 손이 얼지는 않았다.
짧게 자른 머리가 서늘하지만
마음이 따스한 사람들을 만나기 위해
달린다, 신나게....

혜윰 정무공 16793
조금은 두려워지는 일들에 대한 도전에는
용기가 필요합니다.
나를 넘어서는 일이기 때문이겠죠.
도망가고 싶은 마음과 갈등도 해야 합니다.
그러면서 성장하는 것이겠죠....
밤잠 못 이룰 일들을 자주 만나지는 않아서
어색하지만, 정말 용기를 내야 합니다.
순간
愛

16794 혜윰 정무공
맛나는 향기를 따라 주방으로 가 봅니다.
보글거리며 익어 가는 해물탕 안에는
온 가족이 함께할 도란도란 이야기가 담겨 있네요....
요즘 다이어트 중인 막둥이도 벌써 입맛을 다시며
식탁에서 대기하고 있네요.
잠시 후면 온 식구의 수저가 분주해지겠지요.

혜윰 정무공 16795

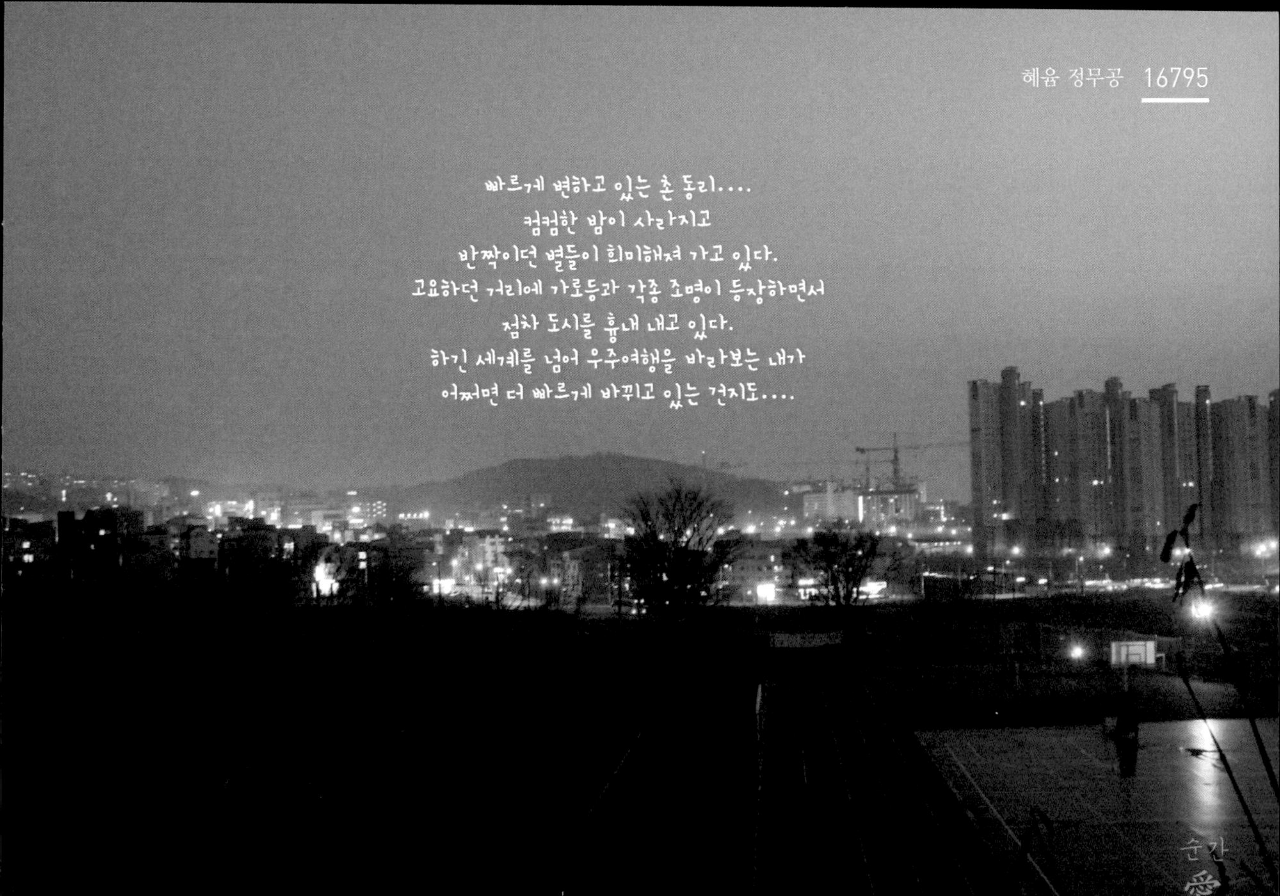

빠르게 변하고 있는 촌 동리....
컴컴한 밤이 사라지고
반짝이던 별들이 희미해져 가고 있다.
고요하던 거리에 가로등과 각종 조명이 등장하면서
점차 도시를 흉내 내고 있다.
하긴 세계를 넘어 우주여행을 바라보는 내가
어쩌면 더 빠르게 바뀌고 있는 건지도....

16796 혜윰 정무공

은방울 주렁주렁 매달고
잎사귀를 대신 합니다.
곧 다가올 크리스마스 장식을
겨울비가 선물로 주고 가네요.
지나온 시절 고마움에
선물을 준비하고 마음을 담아
포장을 하여 주고받는 행복을
만끽하고 싶네요.
이왕이면
사랑과 행복도 듬뿍 담아서요.

일 년 중 낮 시간이 가장 짧다는 절기....
우리 조상님들은 덕분에 긴긴밤을
어찌 보내셨을까?
서리꽃 입은 아침을 돌아보며
지루한 듯 더딘 여유를 누리셨을
옛 어르신들의 긴 겨울을 생각해 본다.
자연의 시간을 살던 시절
오늘날 같은 세상을 상상은 하셨을까?

16798 혜윰 정무공

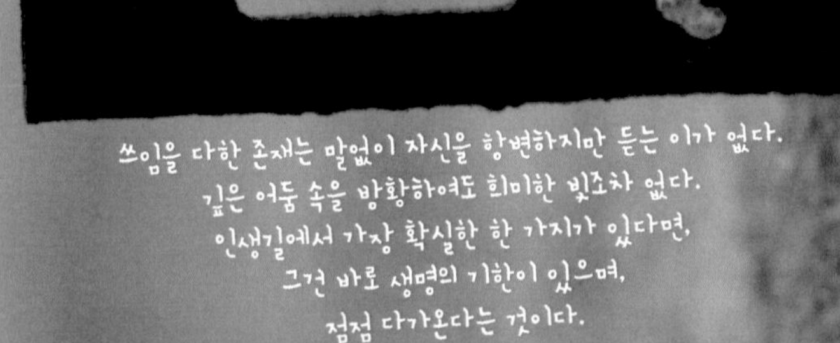

쓰임을 다한 존재는 말없이 자신을 항변하지만 듣는 이가 없다.
깊은 어둠 속을 방황하여도 희미한 빛조차 없다.
인생길에서 가장 확실한 한 가지가 있다면,
그건 바로 생명의 기한이 있으며,
점점 다가온다는 것이다.
그리고 잊힌다는 것이다.
좋은 일이다.

혜윰 정무공 16799

영원이라고 표현할 무엇이 있을까?
기한도 없고, 끝도 없는....
사랑....
믿음....
희망....
과연, 무엇이 영원할 수 있을까?
저 하늘은?
태양은?
우주는?
이미 지나간 역사는?
우리가 기억하는 것은?
그 무엇도 진정으로
영원하지 않을 것 같다.
그래서 '지금'이라는
순간이 소중하다.

16800 혜윰 정무공

무엇으로부터의 힘으로 이 우주가 움직이는지 알지 못한다.
그럼에도 생명으로 이어져 살아 있음을 감사한다.
이글거리는 태양의 열기로 이슬이 숨어 버리는
아침을 대면하는 것이...
아직 멈추지 않은 심장의 박동이
온몸으로 퍼지는 것을... 나는 감사한다.

혜윰 정무공 16801

차분하게 시작하는 아침
차곡차곡 쌓인 눈가루처럼
나의 한 해가 포개져
쌓여 있는 듯하다.
매일매일 순간들을
바라봤던 시선 속에서
더 많은 사랑스러움을
경험하고....
마음에 담은 장면들....
일상 속에서
깨알 같은 달콤함을
발견하는 기쁨까지.
모두 사랑해....

16802 혜윰 정무공

엄동설한 허름한 초가에 비명 소리가 들렸답니다.
처음 아버지가 되는 어른은 어찌할 줄 몰라 한달음에 할미에게 뛰어가고,
첫 출산을 하는 새댁은 온몸에 힘을 쏟으셨겠지요.
조용한 산골에 아기 울음소리가 들린 후에야 할미는 손자 탯줄을 잘랐다네요.

혜윰 정무공 16803
따스한 볕을 즐기려 나온 냥이의 한가로움이 부럽다.
연말의 긴 밤을 알코올로 불사르는 요즘
오히려 차분하게 신년의 계획을 다듬어야 하는데....
심각하게 고민을 하는 성격이 아니라 마음이 불편하지는 않지만....
그래도 술 향기 퍼뜨리고 다니지는 말아야지.

커피 향 고운 공간에서...
즐거운 웃음꽃이 피어납니다.
지나간 시절의 소소한 이야기로
시간을 되돌리기도 하고
앞날을 비춰보기도 합니다.
공간을 공유한 사람들과의 만남이 주는 즐거움....
은은한 전등 빛과 어울려
또 다른 추억을 만들어가는 아름다운 밤.

왔다 갔다 다시 제자리인 듯
그러나 누구나 다른 느낌으로 세월을 만드는 걸.
한 해가 이리 저물어 가지만
울고 웃었던 추억은
각자의 마음에 차곡차곡 쌓인 보물이 되겠지....
가끔씩은 되돌아보며
미소 지을 삶이 있었다는 것만으로도
행복하다 할 만하지요.

16806 혜윰 정무공

마음에 행복이 가득합니다.
사랑의 열매를 알알이 맛본 한 해.
감사함으로 마무리합니다.
무엇으로도 바꾸고 싶지 않은
아름다움 가득했던 시간들....
소중히 간직합니다.
근사하게 멋진 순간들을 만든
나에게 칭찬합니다.
그리고
더 멋질 나를 기대해 봅니다.